JN136508

旅と文化

英米文学の視点から

Travel and Culture

in English and American Literature

編著者　植月恵一郎
　　　　吉田　一穂

著　者　小山　誠子
　　　　清水由布紀
　　　　杉本久美子
　　　　横山　孝一
　　　　塚本　美穂

音羽書房鶴見書店

まえがき

二〇一六年に没後四〇〇年を迎えたシェイクスピアの有名な台詞に「この世は舞台、人は皆役者に過ぎぬ」（『お気に召すまま』二幕七場）がある。人生は、〈舞台〉にも喩えられる一方で、〈旅〉でもある。旅は異空間、異界へも通じ、日常を離れ、それを見直すよい契機にもなる。

歴史的には、定住してその土地に生まれ、そこで塵に還る人生がごく普通の生活であった時代に移動せざるを得ないとすれば、何らかの理由で土地から追われたり、戦争のための遠征であったり、伊勢参りではないけれど、十字軍の時代では、巡礼から〈旅〉が始まるのだろう。巡礼者は pilgrim で、語源は peregrine と近い coming from abroad の意味。つまり「旅行者」とは、古代ローマでは、「ローマ以外の共同体の市民」、余所者のことだ。明らかに宗教的ニュアンスをもつこの〈巡礼〉は、十七世紀のバニヤン (Bunyan, John 1628–88) の『天路歴程』(*The Pilgrim's Progress*, 1678) で典型的なように、〈旅〉は〈舞台〉と違って、何か〈発見〉のようなものを期待させる。現世人を「ホモ・サピエンス」(wise man) と言ったり、「ホモ・ルーデンス」(playful man) と言ったりするが、Homo viator (man the pilgrim) という言い方もあるらしい。

ともかく、何か〈発見〉したいこともあって、十八世紀にイギリス貴族の子弟たちは、大陸にグランド・ツアーにせっせと出かけたのだろう。架空の話では、ガリヴァーも長崎まで来て、踏み絵を免れている。

そして、一般庶民の移動は、さらに百年以上後になる。もちろん移動手段の発達が大きく貢献していることは疑いない。

『広辞苑』によると、旅とは、「定まった地を離れて、ひととき他の土地（場所）へゆくこと」であり、英語では、travel というと、「行先や帰路よりも移動に重点を置く語《動詞としては一般的だが、名詞としては修飾語句を伴ったり、複合語として用いられるのが普通；また travels という複数形はかなり長い旅行を意味する》」、あるいは、journey だと、「ある場所への比較的長い旅行《帰路は含意しない》」などニュアンスの違いがある。〈旅〉travel のもとの意味は、travail から来ており、「労苦、骨折り、辛苦 (labor, effort)」であり、「苦痛、激痛」であり、「陣痛」でもあったことはよく知られている。*OED* で、travel を引くと、†1. Labour, toil; suffering, trouble; labour of child-birth, etc.: see travail となっている。

他にもよく使われる言葉では、trip「ある場所への観光またはビジネスの旅行《一般的な語》」や、ツアーという日本語にもなっている tour では、「周遊して出発点に戻る旅行で観光・視察などの目的のもの」という定義になる。さらには、voyage「通例長い船旅」や、excursion「集団で行くレクリエーションなどのための短い旅行」もお馴染みだろう。

リニアモーターカーでの移動や宇宙旅行も取り沙汰されている昨今ではあるが、自動車なるもので移動を始めてから高々百年少々に過ぎない。それまでの数千年間、人間は馬と付き合っていたのだ。二〇一七年に生誕一五〇年を迎えた漱石だって、イギリス留学へは空路ではない、海路と陸路からであった。ハーン (Hearn, Patrick Lafcadio 1850–1904) のようにギリシア生まれ、アイルランド育ちから大西洋、新大陸、太平洋を経て日本に帰化した人もあれば、二〇一七年ノーベル文学賞に輝いたカズオ・イシグロ（石黒一雄、1954–）のように日本からイギリスへ移住して活躍している人もいる。とにかく〈旅＝移動〉は、おもしろい。いろんな領域を横断することこそおもしろい、だから商業の神様ヘルメスが賞賛されたり、トリックスターが持て囃されるのも頷ける。

〈旅〉と題した研究書は数多あるし、最近は〈移動〉をキーワードに研究も進んでいる。邦文文献でも、石田久、服部典之編『移動する英米文学』（英宝社、二〇一三、阪大英文学会叢書七）や、御輿哲也編著『「移動」の風景――英米文学・文化のエスキス』（世界思想社、二〇〇七）などがあるが、本書は、あえて日本語の語感も心地よく、どこか魅力的な〈旅〉を使用した。文学作品での〈旅〉を取り扱ったささやかな論文集であるが、それぞれの〈旅〉を楽しんでいただければ、各執筆者のこの上ない喜びとなろう。

植月　惠一郎

二〇一八年二月

目次

『間違いの喜劇』をめぐる三つの「旅」

小山　誠子

はじめに

『間違いの喜劇』(*The Comedy of Errors*) は、シラクサ (Syracuse) の商人イージオン (Egeon) が息子探しの旅の途中、国交断絶状態にあるエフェサス (Ephesus) に侵入したことが同国の法の下において罪とされ、公爵から死刑宣告を受ける場面に始まる。その息子であるシラクサのアンティフォラス (Antipholus 以下 S) 及びその従者ドローミオ (Dromio 以下 S) もまたイージオンに先立ち、幼少期に生き別れとなった同じ名前の双子の兄であるエフェサスのアンティフォラス (以下 E) を探しにこの地を訪れている旅人であり、捜索の対象である兄及びその従者ドローミオ (以下 E) も、アンティフォラス兄弟の母である修道院長もまた出生地と異なるこの地に長期滞在中の旅人である。広辞苑によれば「旅」は「住む土地を離れて、一時他の土地へいくこと」とある。「日常」であった「出発点」から「帰着点」までの道程で、旅人は「非日常」の「異空間」での他者との関係性による刺激や評価に晒され、それは旅人に少なからず自己のアイデンティティの揺らぎや潜在意識の (再) 発見をもたらすこととなる。またこの体験は、「非日常」が周囲の環境の変化によって起こる場合、主体にとって相似のものとなる。この点において、二組の双子の入れ違いによる騒動の連続で周辺人物からの誤解の挙句、首飾りの代金未払いで捕えられそうになり「俺は狂っていない」（四幕四場五十九行）と必死の抵抗を見せるアンティフォラス（E）もまた「旅人」と言える。このように『間違いの喜劇』は「旅人」たちの物語である。加えて、作品舞台のエフェサスは現在のトルコにあたるということであるが、ドローミオ（E）が主人アンティフォラス（E）にドローミオ（S）の妻ネル（Nell）を描写するやりとりにおいてみられる、アイルランドからスペイン、アメリカや西インド諸島までのヨーロッパを中心とした様々な国名の言及には、所謂「大航海時代」以降、外国との交易を取り扱う経済活動が盛んになり、旅行家たちによる紀行文や地理情報の記録等が流行したイングリッシュ・ルネッサンス真只中の、当時における海外への文化的好奇心の高まりに乗じたシェイクスピアによる題材の選択と言える。因みに、オックスフォード版の注釈によれば、シェイクスピア作品中「アメリカ」の言及はこの作品のみとのことである（Whitworth 134）。

二つ目に「旅」をするのは作品の題材である。『間違いの喜劇』は他のシェイクスピア作品同様、登場人物及びプロットの大半において材源とされる作品が存在し、その主要な題材は西洋古典に遡る。一五九四年十二月二十八日のグレイ法曹院におけるものが最古の上演記録とされているこの作品の主要材源としては、プラウトゥス（Plautus Titus Maccius）による『メナエクムス兄弟』（*Menaechmi*）や『アンピトルオ』（*Amphitruo*）及び中世イギリス詩人ガワー（John Gower）による『恋人の告白』

(*Confessio amantis*) が一般に認められているところである。紀元前三世紀から二世紀のローマにおいてプラウトゥスはテレンティウス (Terentius Afer,Publius) と並び称されるほど活躍した喜劇作家であり、ギリシャ演劇の模倣に始まったローマ演劇において彼は世相劇として市民生活を描いた（津上十七―十九)。『メナエクムス兄弟』の題材は更に作者不詳のギリシャ劇に遡り、プラウトゥス以降ルネッサンス期においてラテン語やイタリア語を初めとしてスペイン語、フランス語そしてドイツ語と様々な言語によってヨーロッパで広く上演されており、イングランドにおいてもヘンリー八世の時代には既に人気を得るほどの当時の人々にとっては非常に馴染みのある作品であった。所謂チューダー・トランスレーター (Tudor translators) によって積極的に翻訳されたギリシャ・ローマ古典同様にプラウトゥス作品もワーナー (William Warner) による英語版が出版されている。但しその出版は上演記録の翌年と前後している。これに関してブロー (Geoffrey Bullough) は、ワーナー版が印刷登録以前に当時の劇場関係者ヘンリー・ケアリー・ロード・ハンズドン (Henry Carey Lord Hunsdon) を通じて回覧されており、シェイクスピアがその草稿の段階において目にした可能性を指摘している (Bullough 3–4)。また、マイオラ (Roberts S.Miola) は一五九〇年代初期において既にシェイクスピア作品が創作されていた可能性を示唆しており、ワーナー版のシェイクスピア読書については議論の分かれるところである (Miola 3)。因みに、ワーナー版を原作と対照すると、プラウトゥス作品のプロローグを「梗概」として縮約されていることを除いて基本的に筋立てはプラウトゥスに忠実である。[1] シェイクスピアによるプラウトゥス版の読書体験については当時のグラマースクールにおいて西洋古典が教育課程となっていたことから、その可能性が多くの批評家によって示唆されている。プラウトゥスの題材は古代ローマから時空の「旅」を経て、どのようにシェイクスピア作品となったのか。『メナエクムス兄弟』の旅を検証する。

二つ目の「旅」――プラウトゥスからシェイクスピアへ

『メナエクムス兄弟』からのシェイクスピアによる改変の主なものは次のとおりである。一つ目に幼少時に生き別れ異国の地で成長した兄の方にも従者を設定し、更にその従者も双子（ドローミオ兄弟）にしたことで二組の双子となり騒動はより複雑化する。二つ目に『メナエクムス兄弟』ではエロティウム (Erotium) という兄の情婦を女中や料理番と共に登場させるが、シェイクスピア作品においては情婦 (Courtesan) の登場は四幕以降の一部に限られ、それに代わって兄の妻エイドリアナ (Adriana) が妹ルシアーナ (Luciana) を伴い中心的存在に配置されている。三つ目に主人公の双子に父母を設定している。『メナエクムス兄弟』ではプロローグにて双子の父親の死について言及されているが、『間違いの喜劇』では父イージオンを冒頭に配し、異国への侵入罪による死刑宣告に置かれるまでの経緯として状況設定を説明させる。また、イージオンの死刑執行までの一日の猶予期間が劇全体の長さで、終幕で修道女として登場する母親を含めた家族の再会が劇全体の枠組みとなっている。この点においてガワーの『恋人の告白』との関連が認められている。因みに『アンピトルオ』からの借用は、『間違いの喜劇』では兄が客人を家に招き入れようとすると妻に閉め出されてしまう（妻は弟の方を自分の夫と思い既に招き入れている）場面であり、これはプラウトゥス作品において主人公がジュピター（Jupiter）の策略により自宅から閉め出される（ジュピターが妻を見初め夫になりすまして妻の寝床を訪れている）箇所との連続性が確認される。

四つ目は舞台設定のエピダムヌス（Epidamnus）からエフェサスへの変更である。エフェサスは古代都市であり海港としても「ダイアナ（Diana）の神殿」のある場所としても当時の人々にとっては身近な地名であったということと、アンティフォラス（S）による「この街は詐欺だらけだ」（一幕二場九十七行）という台詞と聖パウロ（St.Paul）による新約聖書の『使徒行伝』（*the Acts*）にある「エフェサスは魔術や悪魔祓いなどの街」という設定との連続性は広く支持されているところである。加えて、『エペソ人への手紙』（'the Epistle of St. Paul to the Ephesians'）の舞台でもある。フォークス（R. A. Foakes）はこれに関して、「夫と妻そして主人と従者のあるべき関係性への聖パウロの教訓」を示す箇所として、次の抜粋をアーデン版に掲載している。[2]

妻たるものよ。主に仕えるように自身の夫につかえよ。
キリストが教会のかしらであって、自らはからだである教会の救世主であるように夫は妻のかしらである。

> そして教会がキリストに仕えるように妻もすべてにおいて夫に仕えるべきである……従者は主人に対して従うべきである。
> そして主人たちよ、汝らも脅威を与えることなく同様にすべきである。(Foakes 114)[3]

フォークスは「シェイクスピアのこの作品における聖書からの借用は言語上の意味以上に主題や作品の雰囲気においてより顕著である」と作品全体への聖書の影響を示唆している (113)。一方、ブローはこれに関して、「シェイクスピアはこの作品を家族の物語とし、一度は離散したものを最終的に一つに結びつける、そういった「プレイ・オブ・ワンダー」('a play of wonder') にしようとしたと推察している (9)。聖書とこの作品舞台の設定との関係についてマイオラは先学の様々な研究を紹介しているものの、最終的には「聖パウロの素材、原点のギリシャ素材への意識、初期英訳、（聖書）解釈的かつ説教的な伝統及び改革派の議論、これらすべてに関する詳細かつ学問的研究は未だ不十分である」と議論の余地を言及している (5–6)。

『エペソ人への手紙』の中心的主題は「従順」や「服従」である。「従順」とは「素直で逆らわないこと」を指す。「素直」とは相手の意見や価値観、時には存在までも理解し信頼し自発的に受け入れ従うということである。それに比べて、「服従」とは従者側の意志とは無関係の絶対的な主従関係を表す。人間関係においては勿論、相互の理解および受容により成立する「従順」が理想であるが、「神」という存在の絶対性を意識した場合、「服従」という翻訳もあてはまると考えられる。グリーン

ブラット (Stephen Greenblatt) は『シェイクスピアの自由』の第一章「絶対的な限界」において、ルネッサンスの宗教改革以降のキリスト教に関して、「神との交渉はもはや卑しい人間がいかに嘆願・自己修養その他の贖い行為においても不可能であり、神の決定は取り消し不可能な強制されるものである」とその絶対性を解説している (Greenblatt 2)。カーモード (Frank Kermode) はイングランド国教会以降「聖書が信仰の基盤となった」(16) とし、「聖書」として当時はジュネーブ聖書 (Geneva Bible) が一般的であったと言及している (44–5)。マーティン (Randall Martin) は一五六〇年版のジュネーブ聖書に印刷されている地図に作品舞台の地名が網羅されていることを指摘している (xxxiv)。加えて、ライトソン (Keith Wrightson) はこの「従順」「服従」という価値観は、社会史的見地において当時の人々にとっての社会序列及び地位の重要視につながるものであったとしている (65–9)。シェイクスピアがこういった社会的意識・関心につながるこのキリスト教的主題を前述の海外への文化的関心の高まり同様に積極的に採用したということは十分考えられる。「従順」「服従」という点から『メナエクムス兄弟』と『間違いの喜劇』を比較考察する。

『メナエクムス兄弟』における「従順」「服従」

兄探しにエピダムナムを訪れた弟メナエクムス（以下S）は従者メッサーニオ (Messenio) を伴っ

ている。メッサーニオは従者のあるべき姿を次のように定義している。

良い従者を証明するものは主人が居ようがいまいが主人の仕事のことを考えるべきもので主人の手足となって尽くすべきものだ (Bullough 34)。

加えて、双子であるメナエクムスの入れ違いによる騒動が起きて、兄メナエクムス（以下Ⓔ）が連れ去られそうになると、入れ違いに気づかないメッサーニオは眼前の人物を主人だと思い、「主人より先に私の命を取ってください」と身を挺して必至に守ろうとする姿からもメッサーニオは主人に「従順」な人物であるように思われる。

しかし、主人を救出した後に望みを聞かれると、「自由にしてください」(35) と主従関係からの解放を真っ先に願い出る。しかもこの嘆願はその後も繰り返され、終幕において再会に歓喜する双子を前にしても「自由にするというお約束お忘れではございませんよね」(39) と『テンペスト』(*The Tempest*) のエアリアル (Ariel) のようにひたすら解放を待ち侘びている様子が強調されている。つまり、メッサーニオはあくまでも従者としての自らの職務に対して忠実で、その点において主人に「服従」しているのである。エピダムナム到着後に兄探しを決意する主人に対して、事あるごとに帰国を勧める様子からもメッサーニオには一定の意思・主体性が感じられる。

『メナエクムス兄弟』において兄メナエクムス (Ⓔ) に従者はいない。「食客」という役柄どおり彼による持成しを当てにしている人物であるペニクルス (Peniculus) は、「物質や見返りを媒介とする利害関係によって主従関係が成立する」(13) と吹聴する。そしてメナエクムス (E) の「気前のよさ」を当てにして御馳走になろうと彼の家を訪れ騒動に巻き込まれる。

メナエクムス (E) と妻との関係は良好とは言えずむしろ対立・戦闘的なものである。妻に対する夫の第一声は、「夫に口答えするな」(13) と言う不従順な妻への叱責に始まり、その後も妻のことを「治安官か料金徴収人みたいだ」とその口煩さに不快感を露わにしている。一方妻はというと「あなたの不遜な振る舞いには耐えるくらいなら未亡人になったほうがましだ」(29) と関係修復の意志が全く見られないどころか離縁を希望する始末である。終幕において、兄弟が家財一切を競売にかけ帰国の途に就くことを決めた時、メッサーニオの「奥方もお売りになってはいかがですか」(39) という売り言葉に買い言葉で、「妻には商品価値すらない」(39) とかなり辛辣である。妻の悪口をもって退場となる締めくくりは読者・観客にとって強烈な印象を与える。パウロの教えという「従順」「服従」の光を当てると、プラウトゥスの題材においては一定の道徳観を保持しているものの、それぞれの意志・価値観に従い主体的に生きる人々の姿がいきいきと浮かび上がってくる。

『間違いの喜劇』における「従順」「服従」

この作品においては双子が二組に設定され、彼ら四人がその登場場面の大半において「人違い」されるという状況におかれているため『メナエクムス兄弟』よりも劇世界の混乱・騒動は複雑化している。劇冒頭のイージオンへの死刑宣告にて公爵は「私が法を侵すことはあってはならない」（一幕一場四行）と法に対する彼自身の「服従」「従順」を明言したうえでイージオンへの判決の説明を続けるが、その説明には人間としての公爵個人の心情が垣間見られる。

> いいか、よく聞いてくれ。国法に、わが地位に、誓いに、首長であるわが威厳が取り消されることにならないならば、わが魂はお前の支持者として訴えるであろうが。（一幕一場四百十四—八行）

公爵は個人的にはイージオンの境遇に対し同情しているが、自分には為政者として忠実に職務を全うする責務があると複雑な立場を吐露しつつも、自らを公国に対する「従者」であるとして国家及び法律への「絶対服従」の立場である必然性を説いている。このように劇では冒頭から「従順」「服従」の主題が確認される。プラウトゥスにはなかったこの法廷の冒頭場面の導入に関しては、法と人情との狭間で揺れる公爵の姿は当時の法曹院の観客の共感を狙ったものであったとの見方もある (Martin xxiv)。

二人の従者ドローミオについてはどうだろうか。アンティフォラス(S)は従者ドローミオ(S)のことを「気持ちが沈んだときには軽口をいって和ませてくれる」(一幕一場二十一行)相手として気を許していることを商人に告げているし、ドローミオ(E)は主人アンティフォラス(E)に叱られても暴力を振るわれてもひたすらそれに耐える。メナエクムス(S)の従者メッセーニオのように自由や主従関係からの解放を求める意志は読み取れない。どちらの従者も多少の冗談を言うものの主人のいいつけには忠実で「従順」な従者である。従って、主人が入れ替わり、彼らへの指示・命令がどんなに支離滅裂なものとなってもそれらは忠実に実行される。この従者たちの「従順」が劇世界に混乱をもたらす仕掛けになっている。

この作品はその長さが千七百七十七行とシェイクスピア作品の中でも最短であるが、シェイクスピアはエイドリアナの妹ルシアーナに二カ所の長台詞を与えている。一つ目は、二幕一場にて姉エイドリアナによる男女の不平等への不満の吐露に対して、「お姉さまの意思は義兄さま次第」(二幕一場十三行)と男性優位の立場を示した後、ルシアーナの話はさらに発展し、十行余りにわたる万物の主従関係に及ぶ。彼女によれば、「自然界から動物界そして人間に至るまで万物には階層・序列が存在し、上位のものはより下位のものを従えている。知性と魂を付与された人間は動物よりも優れており、さらに男女においては男性が優位を占める」ということである。聖書との関連も指摘されるこの台詞においてルシアーナは男女の人間関係も盤石な万物の壮大な上下・優劣関係に組み込まれており、なおかつその一部に過ぎないのだから下位のものである女性が意志や疑問をもったところで不可抗力だと理解して上位にいる男性にただ「服従」すればいいと普遍的な主従・従属関係で姉を諭そうとする。この観念的かつ表面的な彼女の現実逃避の考え方は、劇中一貫している。二つ目の長台詞は、アンティフォラス (S) を義兄と思い込んだルシアーナが彼の心変わりを憂い、姉の夫婦関係への不満を解消するよう求める三幕二場である。しかし、それは問題の根本的解決を求めるものではない。たとえ財産目当ての嘘であろうが、裏で不義を犯していようが、姉エイドリアナを安心させてくれさえすればいいと頼んでいる。表面的に取り繕うことで問題への直視を回避しようと呼びかけているのである。夫（主人）は妻（従者）に対して必ずしも誠実である必要はなく表向き良好な関係が維持されてさえいればいいということである。ルシアーナ自身はいざ結婚するとなれば「夫に従順に付き従う」（同二十九行）と言うが、その「従順」は彼女が定義している範疇のことを示すのだろう。ルシアーナのこの価値観はエイドリアナと相容れることはなく、二人は一緒にいながら常に立場を異にする。

シャヒーン (Naseeb Shaheen) は劇中の台詞と聖書との関連性の詳細な解説を行っており、その中でシェイクスピアが作品舞台をエピダムヌスからエフェサスに変えたのは『エペソ人への手紙』にある夫婦関係の理想に関する箇所であることに加え、そこが『恋人の告白』における生き別れた夫婦の再会の場であるとしている (101)。二組の双子の「人違い」による騒動に最も振り回されるのはエイドリアナである。二幕一場において彼女は食事を共にしようと夫の帰りを待っている。しかし、約束通りに夫が帰宅しないので彼女は苛立っている。だからといって妹に先に済ませようと促されてもやはり彼女は待つことに拘る。同調を求めて妹に話しかけてもたしなめられる始末で、エイドリアナの苛立ちは募る一方である。しかし、彼女の不満は単に食事の約束に対するものではない。現在の結婚生活の日常、つまり夫との関係に対するものである。その後、帰宅を待ち侘びていた夫（だと思っている人物）を前にしてエイドリアナは彼女の以前の結婚生活を夫にも思い起こしてほしいと訴える。

どんな言葉もあなたの耳に音楽とは響かない。
どんなものもあなたの目を喜ばせはしない。
何に触れてもあなたの手は歓迎しない。
何を食べてもあなたの舌はおいしさを味わうことはない。
私が話して、見て、触れて、あなたのために料理しなければ。
……
あなたを私から引き離すのに比べれば
荒波に一滴の水を落とし、
その一滴を元通り、増やしも減らしもせずに
もう一度取り出すほうがずっとたやすいことです。（二幕二場百二十四―三十八行）

以前は夫の方が積極的に愛を誓い、口や目そして触覚や味覚に至る二人の五感は共鳴しあらゆる感覚が共有される、それほど夫婦は二人で一つの存在、一心同体であったと彼女は述べる。これはつま

り、彼女のアイデンティティもまた夫のものと同化していた、「一心同体」ということである。エイドリアナは回想により再び以前の関係を取り戻そうと相手の感覚に訴える。しかし、それは同時に変化してしまった現状との対照を示している。この「大海原と一滴の水」にしても「あなたは楡の木で、私はその葉脈なのです」(二幕二場一七四行)という説明においても不可分なほどの夫婦の強い結びつき、「夫婦一体」という結婚観をエイドリアナは様々な比喩を用いて繰り返し述べ、とにかく相手の共感を引き出そうと必死である。『エペソ人への手紙』には従者(妻)側からだけではなく、主人(夫)の側の相互の働きかけにより成立する関係の重要性を説いており、夫婦はお互いに相手に対して「服従」ではなく「従順」でなければならないということである。

このことをマーティンは「パウロの結婚に対するこの教訓は、十六世紀から十七世紀における夫婦の社会的及び精神的同等性の望ましい関係についての議論であった」としている(xliii)。つまり、この場合「従順」とは男女双方からの主体的な働きかけにより成立するということであり、トラバーシ(**Derek Traversi**)はエイドリアナのこの主張を「相互理解こそ結婚における男女の関係の本質的要素である」と述べている(12)。また、ライトソンもこの夫婦双方からの理解・受容が当時の結婚における理想であったとしている(98–112)。夫婦が互いに相手に関心を持ち理解しようと努めること、しかしこの関係はあくまでも両者の自発的な意思によって構築されるものであり、一方だけがいくら「従順」であっても成立しない。エイドリアナは彼女自身が夫に対して「従順」であると思っており、また夫も以前はそうであったのだから再びそうなってほしい、そうすれば以前の夫婦関係に戻れると信じている。しかし、いくら彼女が「従順」だと思っていても、その評価を他者に求めた時点で、何かそれは「歪んだ」印象を持つものになる。さらに相手に対しても「従順」を求めた時点でそれは「強要」となり、彼女自身ももはや「従順」ではなく、夫が従ったとしてもそれは「服従」となり、彼女が懐かしんでいるかつての理想的な「一心同体」の関係を再現することは不可能となる。それくらい現実には非常に実現困難なものである。そうすると、彼女が記憶しているかつての理想的な関係すら幻想に過ぎないのではないかと疑いたくなるほどであるが、とにかく彼女は自らの努力で何とかそれを取り戻そうと必死なのである。その姿は手に入れようと必死になればなるほど手に入らないものに一生懸命になっているようで他者からは滑稽にすら見える。しかも、今彼女が呼びかけている相手は夫の弟という「人違い」なのだからその滑稽さは一層際立つ。

しかし、この強い願望は劇が始まる以前から既に彼女の中に存在している。二幕一場において彼女は自分以外の女性の存在に嫉妬し自らの美貌の衰えと夫の心変わりを嘆く。美貌という外面だけでなく「機知」という内面を併せた両面に関して彼女は夫の関心を失ったと自信をなくしている。聞き役のルシアーナからは同調が得られないばかりか「嫉妬するなど馬鹿馬鹿しい」（二幕一場一一六行）として愚行と非難され、周囲の無理解は彼女の孤立を深めていく。彼女の結婚生活の「出発点」であった「夫婦一心同体」へと再び帰着すべくエイドリアナもまた一人「旅」をすることとなる。

夫もまた身勝手である。妻が弟を夫と思い込み家に入れたため、自宅を閉め出されたアンティフォラス（S）は金細工師を娼婦の館へと誘う。「見た目も良くて気の利いたいい女のいるところへ行きましょう」（三幕一場一〇九―十三行）という彼の娼婦への賛辞は、皮肉にもエイドリアナが失ったと自覚している要素と呼応している。妻への腹いせに首飾りもその女性に渡すと言う。エイドリアナはこの女性の存在を意識していないわけではないが、彼女が本当に気にしていることは夫との関係である。夫の自分に対する興味・関心を取り戻せないことにエイドリアナの焦りはさらに募っていく。

その後、首飾りをめぐるトラブルにより身柄を拘束された夫の窮地を告げられると、エイドリアナは保釈金を直ちに手配するようルシアーナに指示し、面会の場での夫のつじつまの合わない言動に困惑しつつも夫を元の状態に戻してほしいとドクター・ピンチ（Dr. Pinch）に治療を依頼する。さらに、修道院へと逃げこんだ夫（だとおもっているが実は義弟）を自宅に連れ帰らせて欲しいと願い出る際、夫の精神錯乱の原因は妻であることを尼僧院長に糾弾されると、エイドリアナは素直に「修道院長様のご指摘により私の負うべき非難に気づきました」（五幕一場九〇行）と自らの非を認め反省し、夫の看病に付き添うことを懇願する。しかし、尼僧院長から付添が許可されないとなると、途端に態度を硬化させ「夫婦を引き離すなど聖職者には似つかわしくありません」（同一一〇行―一一一行）と聖職者という相手の立場に訴えて夫と引き離されることに対する激しい抵抗もまた、彼女の願望の顕在化を示す。エイドリアナは夫との関係修復のためならどんな努力も惜しまないが、彼女の努力だけでは望むものは手に入らず、手に入らないとなると余計に思いが募るという堂々巡りのジレンマに彼女は捕らわれている。その循環は彼女の内なるエネルギーとなり劇中世界の展開以前から存在している。しかし、女同士でありながら無理解で相反する立場の妹に加え、他の女性へと関心を向けている夫の言動・行動による反発を受けエイドリアナのエネルギーはさらに内側へと抑圧され、蓄積していく。加えてそれが「人違い」という騒動の連続によって更に混乱の状況に置かれる。願望の成就が困難であればあるほどエイドリアナは自身の願望そして「夫との一体化」という彼女のアイデンティティを自覚させられるというこの構図は、ネボ(Ruth Nevo)が「間違いの螺旋状の回転において彼らが自己喪失に陥れば陥るほど彼らの隠れた自己は明らかになる」(26)と解説していることに非常に共通すると思われる。つまり、「人違い」という騒動がまた次の騒動そのまた次の騒動へと展開し、連続する騒動の渦中にあるエイドリアナがその影響を受けるたびに彼女の潜在的願望は露呈されるとともに、騒動が起きる度にその願望は更に増幅されていき、騒動に振り回されることによってそのエネルギーは増加していくということである。同時にこれは劇全体を活性化しているエネルギーでもある。二組の双子の「人違い」による「笑劇」的騒動に対する登場人物の瞬間的反応が連鎖となってエイドリアナを中心とした展開に拍車がかかり、終幕における二人のドローミオにも見られるように各自がアイデンティティを取り戻していく。これがこの「人間ドラマ」のエネルギーの構成である。

宗教改革以降イギリス市民に許可された、聖書を信仰の土台とする宗教活動の影響をシェイクスピアが取り入れ、エピダムヌスからエフェサスへと舞台を移し、『エペソ人への手紙』の主題であり尚且つ社会的関心でもあった「従順」「服従」の問題を中心に据えたことは古代ローマ作品との対照からも明らかである。ハミルトン(Donna B. Hamilton)はエイドリアナの夫に対する「相互理解」「従順」への葛藤を当時のイングランド国教会の非支持者に対するものと関連付け、国教会側の非国教徒への寛容な態度によって齎される調和を意図したと解釈している(60–61)。そのことは、この主題がこの時代の特徴を象徴するものであったことを更に強調するものであり、そしてその理想はエイドリアナにとっては「旅」の終着点であるが、イギリスの人々にとっては新たな平安を求める「旅立ち」ということになるだろう。

もうひとりの「旅人」そして「出航」

四十程度とされるシェイクスピア作品において、エイドリアナのように「妻」が夫との関係修復に孤軍奮闘するヒロインは少ない。初期の喜劇は未婚女性の結婚や貞操を扱ったものが中心である。「夫婦関係」を扱ったものも勿論あるが、例えば、後期のロマンス劇において『冬物語』(*The Winter's Tale*)における王妃ハーマイオニ(Hermione)は一方的な夫の嫉妬により不幸に見舞われ、終演直前まで舞台裏へと追いやられるし、『空騒ぎ』(*Much Ado About Nothing*)のレオナート(Leonato)も『テンペスト』(*The Tempest*)のプロスペロー(Prospero)においても亡き妻は回想にしか登場しない。相手の関心・共感を引き出すことが出来ず葛藤するヒロインとしては、初期の物語詩『ヴィーナスとアドーニス』(*Venus and Adonis*)において、愛と美の権化でありながら青年アドーニスからの積極的求愛を得られず苦悶するヴィーナスや、『ヴェローナの二紳士』(*Two Gentlemen of Verona*)において心変わりした恋人を再び取り戻そうと必死になるジュリア (Julia) がいる。しかし、彼女たちと異なり、エイドリアナが求めるのは「夫婦関係」の理想である「相互理解」である。グリーンブラットは『シェイクスピアの驚異の成功物語』(*Will in the World: How Shakespeare Became Shakespeare*) において、「シェイクスピアは自分の経験したことは積極的に利用した作家である」(126) と繰り返し主張している。また、「結婚」「夫婦」に関して彼は、『ハムレット』(*Hamlet*) と『マクベス』(*Macbeth*) の二つを例外として、シェイクスピアの想像力が欠如していたのか想像する意思がなかったのか結婚の現実を敢えて書こうとしなかったとしつつも、エイドリアナの人物設定においては彼の想像力を捉えたのだとしている (129–140)。それでは、その「想像力」は何に着想を得たものだろう。同書において彼はまた、シェイクスピアの結婚生活の実情はあまり幸福ではなく、従って敢えて書こうとは思わなかったと彼は判断しているようである。そのことは非常に少ないシェイクスピアの実人生の記録の中で、経済的な成功のうちに人生を終えたにもかかわらず妻アン・ハサウェイ (Ann Hathaway) への遺言が「二番目に良いベッド」のみであったとされることにも符合するだろう。「結婚」については否定的な見方であるものの、グリーンブラットは更に、「シェイクスピア作品の多くは求愛に関するものであり、それもシェイクスピアの実体験から生まれたものだ」(119–20) とも述べている。これまで見てきたように可能な限り周辺の事柄を積極的に採用してきたシェイクスピアが、他の作品との比較において特異とも言える、夫婦関係の理想を熱望する「妻」の葛藤を付与したエイドリアナの創作に、故郷ストラットフォード・アポン・エイボン (Stratford-upon-Avon) にいた妻の存在が一役買ったと想像することもできるのではないだろうか。ロンドンに単身赴いたシェイクスピアその人もまた「旅人」であり、そして更に『間違いの喜劇』は本格的な人間ドラマの劇作家としての「旅路」の、その後の順風満帆な「航路」の門出を飾るものとなっているのではないだろうか。

おわりに

劇作家としての成功を収めるべく、シェイクスピアは『間違いの喜劇』を非常に注意深く創作した。人々の外国への憧れに応えるべく「旅」の題材をルネッサンスの古典再考となるローマ喜劇に取材し、「従順」「服従」という「聖書」及び当時の社会そのものの主題への関心を喚起した。加えて、法曹院の観客を意識し、法廷の場面をオープニングに配し、上演時間を踏まえて千七百行余りの長さにこれら全ての要素を盛り込んだ。『間違いの喜劇』から、我々は西洋文学の源流からの英文学が辿ってきた「旅」を概観することが出来るのではないだろうか。

注

1 プラウトゥス作品については鈴木一郎・他訳『古代ローマ喜劇全集Ⅰ　プラウトゥス　2』（東京大学出版会、1975）にてWarner版との対照を行った。本論における『メナエクムス兄弟』の引用は全てBullough. Geoffrey. *Narrative and Dramatic Sources of Shakespeare.* London: Routledge, 1966. Vol. 1. Print. を参照した。

2 Foakesは聖書からのこの引用に関して、"... as the versions he(Shakespeare) knew are no longer readily accessible, the relevant passages are printed here."と解説しているため、Arden版のものを使用した。

3 Wives, submit your selves unto your husbands, as unto the Lord.
For the housband is the wives head, even as Christ is the head of the Church, and the same is the savior of his bodie.
Therefore as the church is in subjection to (is subject unto) Christ, even so let the wives be to their Housbands in everie thing....
Servants, be obedient unto them that are your masters.
And ye masters, do the same things unto them, putting away threating. (Foakes 114)

参考文献

鈴木一郎・他訳『古代ローマ喜劇全集Ⅰ　プラウトゥス２』東京大学出版会、一九七五。

津上忠・他編『演劇論講座　第二巻　演劇史　外国編』汐文社、一九七六。

Bullough, Geoffrey. *Narrative and Dramatic Sources of Shakespeare*. London: Routledge, 1966. Vol. 1.

Foakes, R. A., Ed. *The Comedy of Errors. By William Shakespeare*. London: Methuem, 1962.

Greenblatt, Stephen. *Will in the World: How Shakespeare Became Shakespeare*. New York: W. W. Norton, 2004.

——. *Shakespeare's Freedom*. University of Chicago Press, 2011.

Hamilton, Donna B. *Shakespeare and the politics of Protestant England*. Harvester, New York: Wheatsheaf, 1992.

Kermode, Frank. *The Age of Shakespeare*. New York: Modern Library, 2003.

Martin, Randall. Introduction. *The Comedy of Errors*. By William Shakespeare. London: Penguin Books, 2005.

Miola, Robert S., Ed. *The Comedy of Errors: Critical Essays*. New York: Garland Publishing, Inc., 1997.

Nevo, Ruth. *Comic Transformations in Shakespeare*. New York: Routledge, 1980.

Shaheen, Naseeb. *Biblical Reference in Shakespeare's Plays*. Newark: University of Delaware P, 1999.

Traversi, Derek. *Shakespeare: The Early Comedies*. Harlow, Essex: Longmans,Green and Co. Ltd., 1960.

Whitworth, Charles. Ed. *The Comedy of Errors.* By William Shakespeare. New York: Oxford UP, 2008.

Wrightson, Keith. *English Society 1580–1680*. London: Routledge, 2003.

観光案内としての『ウィサヒコンの朝』とエコロジー

植月　惠一郎

はじめに

ポー (Edgar Allan Poe 1809–49) の『ウィサヒコンの朝』("Morning on the Wissahiccon", 1844、以下『ウィサヒコン』) は、もともと *The Opal: A Pure Gift for the Holy Days* (for 1844) に掲載され、チャップマン (J. G. Chapman) の「朝」(Morning) と題したロマンティックな風景の中で鹿 (正確には elk で、ヨーロッパではヘラジカ、アメリカではワピチ) を描いた図版付きの現地紹介記事 (plate article) で、版によってタイトルが『ウィサヒコン』だったり『鹿』("The Elk") になったりで確定していない。ポー自身はローウェル (James Russell Lowell) 宛ての手紙 (一八四四年五月二八日付) でこの作品を『朝』ではなく、『鹿』と呼んでいる (Mabbott III 860) 事実が影響しているためである。ちなみに〈ウィサヒコン〉とは聞きなれない言葉だが、アメリカ先住民である Algonquian 族の一部族、デラウェア族、自称ではレニ・レナペ (Léni-Lenápe) の「なまずの小川」("catfish creek") を意味する呼称「wisameckham」から来ているらしい。(Cf. Wikipedia "Wissahickon, Philadelphia")

その手紙では、「これまで書き上げたのは、『グロテスクとアラベスク』を入れて全部で六十くらい、……」と述べ、その後十二作品列挙していて八番目に『鹿』が入っている。以下、『眼鏡』("The Spectacles")、『長方形の箱』("The Oblong Box")、『鋸山奇談』("A Tale of the Ragged Mountains")、『早すぎた埋葬』("The Premature Burial")、『盗まれた手紙』("The Purloined Letter")、『タール博士とフェザー教授の療法』("The System of Doctors Tar and Fether")、『黒猫』("The Black Cat")、『鹿』("The Elk")、『詐欺を科学する』("Diddling Considered as one of the Exact Sciences")、『催眠術の啓示』("Mesmeric Revelation")、『黄金虫』("The Gold Bug")、『お前が犯人だ』("Thou art the Man")の順である。(この手紙は、Quinn 1998, 416–17で読める)。

もう一度まとめて、ハモンドの要約を借りると次のようになる。

『鹿』。短編[『オパール』一八四四年]で元々『ウィサヒコンの朝』という題名で出版された。語り手はフィラデルフィア近郊の小川を訪れ、その偉大な自然美を描写する。思いにふけっていると、堂々たるヘラジカを目にし、産業化以前の過去に対する夢想から生じた幻であると思う。しかし残念なことに、このヘラジカは白昼夢ではなく、そこに滞在しているイギリス人家族の飼い慣らしたペットであったことが判明する。(Hammond 43)

本論の問題提起としては、最後に登場した〈鹿〉の解釈にある。どんどん人間が奥地に入り込み、自然を破壊することの警鐘とか皮肉、あるいは自然への絶望と解釈されているが、ここでは徹底して鹿＝ヘラジカに注目し、そこに経済活動（エコノミー）を自然保護活動（エコロジー）より優先させることのアレゴリーを読み取り、警鐘や皮肉どころではなく、ポーの他の作品、例えば、『アッシャー家の崩壊』(*The Fall of the House of Usher*, 1839) などに通じる独自の〈(環境) 恐怖〉(ecohorror) を語っている作品として読むべきというのが本論の趣旨である。

新旧両大陸風景比較――『ウィサヒコン』第一～七段落

『ウィサヒコン』は、全部で十三段落から成り、一～七段落は新旧両大陸の比較風景論で、八～十一段落はウィサヒコンの観光案内であり、最後の二段落で鹿が登場し、人跡未踏の風景を背景とし野生の鹿の登場かと思っていると、それは錯覚で、実はその鹿はその周辺の別荘に住むイギリス人のペットであったという環境的には驚愕の結末を迎える作品である。以下簡単に段落順に見ていこう。

アメリカの景色は、個々の点でも、また全体の特徴としても、よく、旧世界、ことにヨーロッパの風景と対照されるのであるが、どちらの景色の肩を持つにしろ、それぞれの激賞ぶりはたいへんなもので、それなりに双方の意見は遠く隔たったまま、歩み寄りの余地はない。この論争は、すぐには片付きそうにもないけれど、それというのは、どちらの側からも今までにいろいろなことが言われはしたが、もう一つ、決定的なことに欠けるところがあったからである。

（『ウィサヒコン』第一段落）

一般的に言ってもイギリスの地形はなだらかで、アメリカの方は起伏が激しいと考えられる。だからこそイギリスで風景庭園が発達したといっていいのだろうが、イギリス人には北部および東部海岸地方しか視野に入っていないという批判をポーは浴びせる。

英米両国の風景の比較論を試みるイギリス人旅行者に、もっとも著しい特徴は、大体において、アメリカには、少なくとも合衆国には、我が国の北部ならびに東部海岸地方しか、考察に値する場所はないと考えていそうな点である。例えば、ルイジアナの広大な沃野といった、我が国の西部並びに南部地方の内陸の壮麗な風景──これは、想像力の限りをつくして思い描いた楽園の夢が、この地上で実ったのかと思うばかりの景色なのだけれど──こういう所は、見たことのある人があまりいないものだから、口にはほとんどのぼらない有様なのである。

（『ウィサヒコン』第二段落）

そしていわゆるアメリカらしい風景、ハドソン河、ナイヤガラ、キャッツキル山脈、ハーパーズ・フエリ、ニューヨーク州の湖沼、オハイオ河、大草原（プレアリ）、ミシシッピー河といった、アメリカの「名勝」を、彼らが訪れるにしても「慌ただしく視察して、能事終われりとしている」有様だ。そして「崇高」の概念を持ち出し、アメリカは崇高美に輝く名勝をふんだんに内包していることを自慢する。

真の芸術家というか、神の御業の中から崇高な美しさに輝くものを鋭敏に感じ取って、これを熱愛する人間ならば、今私が言ったような、古くからその名を知られて実際以上に買いかぶられている名勝の一つ一つ、否、それらを全部合わせたよりも、更に大きな魅力を感じるような人知れぬ土地が、合衆国の国内には、数え切れぬくらい、まだほとんど踏査もされないままに、ひっそりと眠っていることを、私はあくまで主張したいと思う。（『ウィサヒコン』第二段落）

さらに「地上の楽園」とまで持ち上げ、アメリカ人旅行者でさえ「足を踏み入れたことのない僻地」とアクセスの困難さを強調し、次の引用の後半は、いわゆる適当に書かれた旅行案内のいかがわしさを批判しているとも読める。

実際、本当の地上の楽園は、自分の好きなところを丁寧に見て歩くことのできるアメリカ本国の旅行者でさえ、足を踏み入れたことのない僻地にあるものだから、自分の国の出版社と、一定量のアメリカ批評を、一定期間内に書き上げる契約をして、筆記帳片手に、この国の一番踏みならされた大通りだけを乗り物に乗って駆け抜けるよりほかに、約束を果たす当てもないような外国人では、そこまで足をのばすことなど、到底できるものではない。(『ウィサヒコン』第三段落)

次の第四段落では、ルイジアナの沃野を賞賛しているが、「これに比肩し得る景色なんか、小説の中にだって、まだ登場したことがない」ほどの素晴らしさで、風景庭園を扱った『アルンハイムの地所』(*The Domain of Arnheim*, 1842)、『ランダーの別荘』(*Landor's Cottage*, 1850) などの作品を彷彿とさせる。

先程、私は、ルイジアナの沃野を引き合いに出したけれど、およそ広大さを誇る自然美としては、ここ以上に美しいところは他にあるまい。これに比肩し得る景色なんか、小説の中にだって、まだ登場したことがない。どんなに絢爛豪華な想像をたくましくしたところで、あふれるばかりのここの美しさには、遠く及ばないであろう。今、美しさといったけれど、ここの景色の特徴は、まさにこの一点、他の、例えば荘厳な感じなど、ここにはほとんど見当たらない。否、全然ないといっていいだろう。ゆるやかに起伏する大地のところどころに、清冽な小川が面白い曲線を描いて流れ、川岸の斜面には花々が咲き乱れ、その背後には、森の巨木が、つややかな葉の叢の彩もにぎにぎしく立ち並び、むせかえるような芳香の中を、色鮮やかな鳥たちが、ちらちらと飛び交っている――こういうものが相寄り集まって、ルイジアナの低地に、世にも艶麗な自然を作りなしているのだ。（『ウィサヒコン』第四段落）

そして「一番美しい景色を見たいと思うならば」、他の人工的移動手段に頼ってはいけないと言い、徒歩を主張する。実際自分の身をもって「谷を飛び越え、懸崖に肝を冷やさなければ、まったく筆舌に尽くしがたい豊穣極まるこの国の本当の美観を楽しむことはできないのだ」という、やはり一種の恐怖を楽しむ感覚があり、崇高美と通じる感性である。

しかし、この美しい地方の中でも、とりわけあでやかな景勝の地を訪れようかと思えば、人知れぬ小路を通ってゆくよりほかにすべはないのである。実際、アメリカのどの地方でも、一番美しい景色を見たいと思うならば、鉄道や汽船、駅馬車はもちろん、自家用の馬車も、馬すらもあきらめて、自分の足で探し歩かなければならぬ。絶対、徒歩に限るのである。谷を飛び越え、懸崖に肝を冷やさなければ、まったく筆舌に尽くしがたい豊穣極まるこの国の本当の美観を楽しむことはできないのだ。（『ウィサヒコン』第五段落）

こうして再び第一段落に直結するのだが、イギリス風景批判に転ずる。

ところがヨーロッパでは、たいていのところが、そんなことをする必要はない。イギリスときては、そんな必要は絶対にない。どんなにおしゃれな旅行者でも、訪れる値打ちのあるどんなに奥まった僻地にだって絹の靴下一つ汚さずに、出かけてゆくことができる。めぼしいところはすべて、あまねく人に知れ渡っていると同時に、そこへ行く手立てもまた、よく整えられている。新旧両世界の風景を比較する場合、これまでは、この点がとかく軽視されがちであった。旧世界全体の美しさを、新世界全体の美しさと対照するつもりで、その一番有名なところだけを念頭に置き、一番優れたところは勘定にいれられていないわけである。(『ウィサヒコン』第六段落)

ウィサヒコン賞賛――第八～十段落

第八段落からウィサヒコンの描写となる。正確には二つの川、大きい方のスクールキル河と小さい川ウィサヒコンの方の比較になっている。「もしこれがイギリスを流れる川だったら」という仮定の話だが、「必ずやすべての詩人によって詩に歌われ、広く世人の口の端にのぼったことだろう」と思えるほどその美しさを絶賛している。しかし実際は、「その暇すらなしに、川岸が無数に分割されて、金満家の別荘用の敷地として、法外な値段で売却されたかもしれぬ」ほど、美しい風景というだけで人間の欲望の餌食となってしまっていることが明らかとなる。

こういう私の見解を見事に実証してくれるものに、ウィサヒコンがある。フィラデルフィアの西方約6マイル、スクールキル河にそそぐ小川（としかいい得ない細流）である。実際、このウィサヒコンの美しさたるや、目も覚めるばかり、もしこれがイギリスを流れる川だったら、必ずやすべての詩人によって詩に歌われ、広く世人の口の端にのぼったことだろうと思われるけれど、あるいは、その暇すらなしに、川岸が無数に分割されて、金満家の別荘用の敷地として、法外な値段で売却されたかもしれぬ。それほど美しい河なのに、この川が流れこむ本流のスクールキルの方が、川幅も広く航行も可能なものだから、アメリカでもっとも美しい河川の一つと古くより賞揚されてきたのに反し、このウィサヒコンの方は、わずか数年前までは幾人かその名を聞き及んでいるものがあるというに過ぎなかった。スクールキルの美しさは、多分に誇張されている。岸辺など、少なくともフィラデルフィアの近くになると、あのデラウェアの川岸と同じように、むしろ湿地に近い。風光の美しさという点では、大きさも名声もはるかに劣るウィサヒコンに優ることもない。（『ウィサヒコン』第八段落）

ウィサヒコンを有名にしたのはファニー・ケンブルの記事でポーではない。それまでは、「近在に住む二、三の探勝家にとってすら、推測の範囲を出なかった」くらいだ。ここでは、現代にも通じる自然を満喫する観光やエコツアーへの参加とジャーナリズムでもてはやされる土地柄のバランスに警鐘を鳴らしている、つまり受け入れ態勢の十分でない場所に観光客が殺到する、あるいは受け入れるために土地開発を余儀なくされることへの警鐘と読んでも無理はないだろう。

ファニー・ケンブルが、合衆国のことを書いたひょうきんな本の中で、フィラデルフィアの市民たちに、彼らの目の前にあるこの川の、類まれなる美しさを指摘してみせるまでは、ウィサヒコンの美しさも、近在に住む二、三の探勝家にとってすら、推測の範囲をでなかったのだ。ところが、「ジャーナル」紙が人々の眼を開いてからというもの、ウィサヒコンは、あるところまで、一躍有名になってしまった。「あるところまで」と、私が断るのは、この川の本当の美しさは、実を言うと、そんなフィラデルフィアの観光客の観光ルートなんかでは、到底及びもつかぬところに秘められているからなのである。それなのに、彼らが行くのは、この川の河口からせいぜい一マイルか二マイル、その先まで入ることはめったにない。それにもまた、もっとも至極な理由があるのであって、つまり、その辺までしか馬車道が通じていないからなのだ。

（『ウィサヒコン』第九段落）

ここからいよいよウィサヒコンの奥座敷への道案内となる。

この川の一番すばらしい景色をみようと思う探検家ならば、フィラデルフィアから西に走るリッジ・ロードを選ぶべきである。そして、六マイルの道標石から数えて二つ目の小径が分かれるところまで行ったら、その路を行き止まりになるまで辿っていくことだ。そうすれば、ウィサヒコンの中でも一番眺望の美しい水域の一つにぶつかるだろう。そこからは、小舟に乗るのもよし、岸をたどって歩くもよし、好むがままに流れを上ろうと下ろうとその労に報いるだけのものに巡り合うこと必定である。（『ウィサヒコン』第九段落）

そして、狭い川幅、両岸の断崖、高いところの鬱蒼たる原生林などの言及し、水際の花崗岩の石畳を地中海の大理石の宮殿の石段と対照している。さらにスコット（Sir Walter Scott 1771-1832）の『最後の吟遊詩人の歌』（*The Lay of the Last Minstrel*, 1805）の一節とも比較し、その絶景を照らし出す〈照明〉にもこだわっている。

すでに述べたように、川幅は狭い――まあ、狭いといっていいと思う。両岸は、一体に――といっていい過ぎならば、大体において――高い丘続きで、これが岸近くまでせまり、水に近いところはやさしげな灌木に覆われているが、高いところには、アメリカでもその比を見ないほどの堂々たる森林が広がり、中には、あのゆりの木がひときわ異彩を放っている。しかし、水際は花崗岩の石畳で、苔むしているところもあれば、鋭角的な岩肌をあらわに見せているところもあり、静かに流れてゆく清冽な川水が、これを洗う姿は、あの地中海の水際に立つ大理石の宮殿の石段をなめる紺碧の波を思わせる。ところどころ、この絶壁の前に、緑の草をしきつめた小さな平坦地が広がっていて、庵をつくり、庭を開いて住みなす場所としては、これ以上に美しい土地を思い描くことは到底できないであろう。川筋は、懸崖の間を流れる川の例にもれず、幾度も幾度も、唐突な屈折を見せる。だから、舟でこの川を辿る者の眼には、一本の川というよりむしろ無限の変容を示す小さな湖水（より適切には、山中の古潭）が、果てしなく続いているような印象を与える。しかしウィサヒコンを訪れる人は、「美しきメルローズ」とは異なり、月夜や曇りの日は避けて、真昼の太陽が燦燦と照りつけている時を選ばねばならない。川をはさむ渓谷の幅が狭い上に、両岸の山は高く、樹々はまた鬱蒼としげりかわしているものだから、憂暗に閉ざされるとまでは言わないにしても、なんとなく暗い感じが漂うことは事実なので、一面に明るい光がささないことには、景色の美しさそのものがそこなわれてしまうからだ。

（『ウィサヒコン』第十段落）

スコットの「美しきメルローズ」は、その一節（"If thou woud'st view fair Melrose aright, Go visit it by the pale moonlight"）に淡い月明りとあるように夜を強調し、ターナー（Joseph Mallord William Turner 1775–1851）も絵にしたメルローズ修道院（Melrose Abbey）に数多くの観光客を呼び寄せた箇所であるが、ポーのウィサヒコンは「真昼の太陽が燦燦と照りつけているとき」を選ぶように勧めている。その理由は、「一面に明るい光がささないことには、景色の美しさそのものがそこなわれてしまうからだ」。

鹿（＝エルク＝ワピチ）の意外性――第十一〜十三（最終）段落

そしていよいよ、自分の驚くべき体験を述べることになる。

つい先ごろ、私は、前に述べた道順を通って、この川を訪れたのだけれど、そのとき、私は、暑苦しい一日の大半を小舟を浮かべて過ごしたものだ。次第に暑熱に耐えられなくなった私は、景色と天気とゆるやかに流れる川の流れに身を任せているうちに、眠りともうつつともつかぬまどろみの中に誘い込まれ、いつの間にかいにしえのウィサヒコンの梯をいろいろに空想していた――怪物のような蒸気機関などまだ現れぬ「古き良き時代」のウィサヒコンである。物見遊山などは思いもよらず、「水路の権利」などというものが売買されることもなく、ただインディアンだけが、大鹿と一緒に今眼前に聳えている山峰を渡り歩いていたころのウィサヒコンの姿だ。私が、こういう思いに次第に深く沈んいっている間に、船は一インチ一インチと私を乗せてゆるやかな流れを下り、とある岩鼻を回ったとたん、四、五十ヤードのかなたで視界をさえぎっているもう一つの岩鼻がまともに見えた。それは、険しい岩肌の懸崖で、河の中へ大きく突き出し、これまで通り過ぎてきた岸の一部というよりは、まるで、一人の救世主といった風貌を呈している。

（『ウィサヒコン』第十一段落）

「怪物のような蒸気機関」と陸の鉄道も環境には脅威であったが、水上の蒸気船も『ハックルベリー・フィンの冒険』(*Adventures of Huckleberry Finn*, 1884) にあるように弱者や環境には脅威であった。ポーが思い描いていたのはただ一つ、「『水路の権利』などというものが売買されることもなく、ただインディアンだけが、大鹿と一緒に今眼前に聳えている山峰を渡り歩いていたころのウィサヒコンの姿」だけだった。そして現実に思いのままのものを見てしまう。

この懸崖の上に私がみとめたもの、それは、この場所と今の季節を考えれば、全く異常なできごとに違いなかったのだが、それを見たとたんには、私は驚きもしなければ、異様な感じもしなかった――それほど、それは、その時の私を包んでいた夢ともつかず、うつつともつかぬ幻想に、まことにうまくぴたりと調和していたのである。私が、その懸崖の突端に見たものは（あるいは、見たと思っていたものは）、なんであったか――それは、他でもない、あの幻想の中でインディアンと結びつけて思い描いたあの大鹿、その中でも一番年老いた、一番大胆なやつが一頭、首を伸ばし、耳をそばだて、全体にこう、何かを一心に探ろうとでもしているような、痛ましい感じをにじませながら佇立している姿だった。（『ウィサヒコン』第十一段落）

「一番年老いた」といっても耄碌しているのではなく、最も貫禄があり風格のある意味で、しかも「一番大胆な」鹿を目撃する。しかしその様子が少し妙であることに気付く。どこか「痛ましい感じを」滲ませているのである。

繰り返すけれど、私は、この大鹿の姿をみても、はじめのうちは、別に驚きもしなければ、異様に感じもしなかったのだ。私の頭は、もっぱら、彼に対する激しい同情によって占められていたのである。その大鹿は、この川やその周辺が、ここ三、四年の間にさえ、実利主義者の過酷な手によって醜悪に醜悪にと変貌させられてきた、その覆うべくもない現実をあきれるとともに嘆いているのではないかと思っていた。（『ウィサヒコン』第十二段落）

まず感じたのは鹿に対する同情である。この近辺が、「ここ三、四年の間にさえ、実利主義者の過酷な手によって醜悪に変貌させられてきた」ことをポーはよく知っていたので、鹿もその現実を嘆いていると解釈したのだった。自分固有の風景に対する理想的な読みを、そのまま登場人物（＝鹿）に転移させたことになる。しかしポーはその動物のかすかな動きも見逃さない。「その仕草が、いかに奇異なものであるかを、はっきりと感じ取ったのである」。

しかし、その動物が頭をかすかに動かしたとたん、私を包んでいた夢想は消えた。そして、我に返った私は、その動物のそのしぐさが、いかに奇異なものであるかを、はっきりと感じ取ったのである。私は、小舟の中に片膝をついて起き上がった。そして、このまま船の動きを止めようか、それとも流されるがままに、もっと間近まで近寄ってみようか、いずれとも決めかねているうちに、「しーっ！　しーっ！」と、口早にしかし慎重に呼びかける声が、頭上の繁みの中から聞こえたのである。次の瞬間、一人の黒人が、用心深く繁みをかき分けながら、抜き足、差し足、林の中から現れた。片手には一握りの塩を持ち、それを大鹿の方へ差し伸べながら、おもむろに、しかし、あゆみは止めずに近づいてゆく。姿美しい大鹿は、ちょっと動揺の色はみせたけれど、逃げようとはしなかった。黒人はなおも近寄っていって、塩を差し出した。そして、励ましの言葉か慰めの言葉か、とにかく、二言三言をささやいた。すると、まもなく、大鹿は、首を上げ下げしながら足を踏み鳴らしたかと思うと、そのまま、おとなしくしゃがみ込んで黒人がはづなを掛けるがままに任せていた。（『ウィサヒコン』第十二段落）

かくしてこの野生の象徴と思い込んでいた〈鹿〉の正体が明らかになる。最後の段落はわずか二文だけで構成され、やはりこの鹿は相当の年齢で、しかもこの近くの別荘に住むイギリス人のペットで、黒人が世話をしている愛玩動物だったのである。

こうして、私の、大鹿の夢は終わった。その鹿はもう相当の年で、この近くに別荘をもつ、あるイギリス人の家に飼いならされていた、愛玩の家畜だったのである。

（『ウィサヒコン』第十三段落＝最終段落、Mabbott III, 866）

鹿とアメリカ経済――エコロジーとエコノミー

もう一度最後から二つ目の段落から言うと、突如断崖の上に現れた鹿は、最初、大自然の象徴で人間の開発を嘆いているシンボルにも思えた。ところが、鹿の頭のかすかな動きでその思い込みは消し去られてしまう。

しかし、その動物が頭をかすかに動かしたとたん、私を包んでいた夢想は消えた。そして、我に返った私は、その動物のそのしぐさが、いかに奇異なものであるかを、はっきりと感じ取ったのである。私は、小舟の中に片膝をついて起き上がった。そして、このまま船の動きを止めようか、それとも流されるがままに、もっと間近まで近寄ってみようか、いずれとも決めかねているうちに、「しーっ！　しーっ！」と、口早にしかし慎重に呼びかける声が、頭上の繁みの中から聞こえたのである。次の瞬間、一人の黒人が、用心深く繁みをかき分けながら、抜き足、差し足、林の中から現れた。片手には一握りの塩を持ち、それを大鹿の方へ差し伸べながら、おもむろに、しかし、あゆみは止めずに近づいてゆく。姿美しい大鹿は、ちょっと動揺の色はみせたけれど、逃げようとはしなかった。黒人はなおも近寄っていって、塩を差し出した。そして、励ましの言葉か慰めの言葉か、とにかく、二言三言をささやいた。すると、まもなく、大鹿は、首を上げ下げしながら足を踏み鳴らしたかと思うと、そのまま、おとなしくしゃがみ込んで黒人がは

づなを掛けるがままに任せていた。（『ウィサヒコン』第十二段落）

動物（＝ヘラジカ）とアメリカ先住民をセットで思い描いていた「私」は、その仕草とアメリカ先住民どころか黒人の登場に唖然とする。ヘラジカは野生の大自然の象徴などでは全くなく、その辺りに住む住人の家畜でありペットだったのだ。クィンは第十段落以降最後まで引用して、「ポーは実際エルクを見たし、この『別荘』は現存している」(Quinn 397) と述べている。「エルクがいた岩には、ジョン・ウェルシュ作によるウィリアム・ペンの像があり『寛容』の文字が深く刻まれており、この小川の東岸に聳えている」(Quinn 397)。

この家は「春堤」(“Spring Bank”) として知られており、一八三八年にメイソン (Samuel Mason) が療養所を始め、患者の楽しみのためにたくさんのペットを飼っていた。しかし同年五月にはその家は農夫ウィルソン (George Wilson) に売却され、さらに一八四〇年にはローバー医師 (Dr. Edward Lowber) に売却された。この人もそこを療養所とし、おそらく他の資産とともにその〈鹿〉を継承したのだろう。……ウェルシュ (John Welsh) が一八七〇年にその地を買い取り、その子孫スミス氏 (Mr. J. Somers Smith) が現在そこを所有している。(Quinn 397)

英語の動物に関して、とくに羊、馬、犬に詳細な表現が多いが、鹿も多い方の言葉だ。『ウィサヒコン』の鹿はいわゆるdeerやstag, doe, hart, hindではなくelkである。したがって、wapiti, American Red-Deer, Gray Mooseなどと同類となる。（Cf. シートン（Ernest Thompson Seton）『トナカイの塩の道』シートン動物誌7、今泉吉晴監訳、紀伊國屋書店、一九九八）には次のような記述がある。

かつてペンシルベニア州サスケハナ川の西に広がる塩性湿地に、ワピチの群れがよく集まってきていた。やってくるワピチはおびただしい数としかいいようがなく、〝塩なめ場〟に向かうワピチの列が八〜十キロメートルも伸びていた。そのためワピチの通る踏み分け道は、私たちがつくる幅広い公道の多くと同じほどの幅があった。塩性湿地に向かう群れのなかには、一つの群れで八十頭ほども数えられる巨大な群れさえあった。（シートン 三八―三九）

実際これだけいたヘラジカ（＝ワピチ）も十九世紀頃から虐殺されていく。

十九世紀の初めまでにワピチは記載され、分類され、学問の世界に登録された。それと同時に、虐殺への道が切り開かれた。壮大なワピチの群れを根絶したこの大量虐殺ほど、血なまぐさく、忌まわしい物語はいまだかつてなかった。ラッコが狩られたのは毛皮に価値があったからで、まだしも理由らしきものがあった。そして、ニューイングランドの鹿は肉のために殺された。ところがワピチの大量虐殺は、バッファローと同じように、ただ巨大な生き物の死の苦悩を見て楽しむために行われた。面倒で毛皮さえ剥ごうとしない「ワピチの牙」専門の狩猟家さえ現れた。
それに、ワピチは鹿のように用心深くなかったから、たやすく殺せた。……このため、鹿、バッファロー、それにワピチを比べると、ワピチがもっとも早い時期に姿を消している。
（シートン 四二）

これからすると、大まかな話だが、『ウィサヒコン』の「エルク」は、ちょうどその数が減ってきたころ、鹿革 (buckskin) の物々交換から派生したといわれる「バック」(buck) という単語が通貨ドルの意味を辞書に掲載される (1856) 前くらいの時期の話ということになる。ＯＥＤの buck, n.8 の記述は実に素っ気なく、語源に関しては、Origin obscure だけで、slang (orig. and chiefly U.S.) で A dollar だけである。初例は一八五六年。一方、オンラインの語源辞書 (http://www.etymonline.com/) には次のようにある。

Meaning "dollar" is 1856, American English, perhaps an abbreviation of buckskin, a unit of trade among Indians and Europeans in frontier days, attested in this sense from 1748.

ＯＥＤの初例からさらに一世紀近く前の一七四八年から用例が認められるとすれば、『ウィサヒコン』の鹿もペットとはいえ、経済的利用に供された可能性はじゅうぶんある。さらに言えば、「ドル」

(dollar) 自体が、銀貨の鋳造所があったボヘミアの町 Joachimsthal（ヨアキムの谷）に由来し、結局「谷」(Taler) という風景と大いに関係があることを思い出そう。一方、他の旧通貨、例えばフランスのフラン (franc) は「金貨」(king of the Franks) に由来し、ドイツのマルク (mark) は「刻み目」に、イタリアのリラ (Lira) は「天秤」(libra) に由来していることなどを考慮すれば、如何にドルやバックが語源的に自然や風景に依拠しているかがよく分かる。ウィサヒコンの「川岸が無数に分割されて、金満家の別荘用の敷地として、法外な値段で売却された」(『ウィサヒコン』第八段落) ことを考えれば、自然が、そして風景が切り売りされ一種の通貨として流通していくのも無理からぬ現象なのかもしれない。研究社の『英和大辞典』には「アメリカインディアンとの交換の単位として用いられたことからか」とある。もちろん厳密な鹿の種類から言って、buck と作品の elk は異なるが、前者は、雄鹿 (stag) (cf. deer, hind) であり、トナカイ・レイヨウ・ウサギ・ヒツジ・ヤギ・ネズミ・カンガルーなどの雄で doe に対する言葉であるので、意味は広いので、ここでは elk も包括すると考える。そして、この鹿が家畜とすれば、

家屋と土地、牛や羊の群ならびに交換しうべき物資がきわめて多量になるにいたり、また個人的所有権によって保持されるにいたった後に、それらの相続の問題が人類の注意を喚起した。そして、ついにその権利はギリシャ人の心情の増大する知性を満足させる基礎の上に置かれたのである。太古の慣行は後代の概念の方向に改められた。家畜は、これまでに知られていたあらゆる種

類の財産を合わせたよりもいっそう大きな価値のある所有物であった。それらは食用に供せられ、他の物質と交換され、捕虜を釈放するために、また、罰金の支払いに用い、そしてまた宗教的儀式の執行に際し犠牲にささげられた。それのみならず、それらは無限にその数を増加することが可能であったから、それらの所有は人心に最初の富の概念を知らしめたのである。

（モルガン『古代社会』青山道夫訳、岩波書店、一七五八—六一、岩波文庫、下巻、三八〇頁。）

タイトルの通りこれは「古代」の話ではあるが、新大陸の経済の進行状況は、十八世紀とくに独立以前では、おそらく〈古代〉に近い状況も呈しており、さらに十九世紀前半もフィラデルフィアの田舎町ではまだそれに近い状況ではなかったかという推測に本論は立っている。つまり、ポーは古き良きアメリカの自然の中に登場したヘラジカを大自然の象徴でもあり、当時のアメリカ経済の一端を担う象徴と見たと解釈できる。

環境恐怖（“ecohorror” Crosby 513–15）と現在の地球

そして今やもはや北極も南極も環境上の聖域などではない。二〇一六年は、チェルノブイリの原子力発電所事故から三十年であったが、ごく微量の放射性物質も考えると世界中に拡散しているといっていい。人間の影響力のない自然などこの地球上にはないのだというメッセージが『ウィサヒコン』には込められ、おそらく水爆実験で甦った怪獣『ゴジラ』(1954) を挙げるのは意外かもしれないが、人間の手で甦らせ、人間の手で始末するという点では『フランケンシュタイン』(*Frankenstein or the Modern Prometheus*, 1818) に似ており、さらに環境問題を加えた点で〈環境恐怖〉(ecohorror) を語るには適切な作品であり、地球温暖化を扱ったパニック映画『デイ・アフター・トゥモロー』(*The Day After Tomorrow*, 2004)、同じテーマのドキュメンタリーである『不都合な真実』(*An Inconvenient Truth*, 2006) もこの文脈では同系列であり、こうした作品から感じる〈恐怖〉を、そして人間の放縦な営為に対する警鐘を『ウィサヒコン』の最後を読んだとき感じる取る必要があると思う。

別の視点から言えば、例えば、北極海航路 (Northern Sea Route, NSR)。フランケンシュタインのモンスターが最後に行方をくらますのも北極であり、例えば、谷田博幸『極北の迷宮——北極探検とヴィクトリア朝文化』(名古屋大学出版会、2000.11) が明らかにしているように、イギリスも早い時期から北極には大いに興味を示していた。この航路の大部分は北極海で、前世紀まで航路として開通したことはなかったが、近年の地球温暖化による影響か、年間で夏期の二ヶ月のみだが航路として開通するようになった。しかし、全地球的な気候変動により北極圏が温暖化し、北極海の海氷の範囲が縮小し氷結する期間も減っているため、航行可能な期間が長くなりつつある。スエズ運河を通過する場合と北極海航路を取った場合を比較してみると、日本、韓国、中国で三分の一から四分の一縮めることができ、海賊問題に悩まされるマラッカ海峡を経由する必要もなく治安も悪くないし、さらにロシア北方の資源をアジアやヨーロッパに運ぶのに適しているため、物流や地政学の面でひじょうに有利であることは疑いない。しかし航行が増えると、海洋生物の狩猟を生業としている土着の民族に影響が出るだろうし、船舶に関する施設の不備が環境に与える影響を懸念する意見もある。(Cf. Wikipedia "Northeast Passage")

一方、南極に目を移せば、オゾン層の破壊は以前から言われているし、地図の縮尺の度合いにもよるが、南極の海岸線上は各国の観測基地でびっしり埋まっていると見える地図もある。

人口が六十億を超えた二〇〇二年時点で、生物圏に対する文明の側の需要がその再生能力の一二〇%か一四〇%以上に達していると彼ら（様々な領域の多数の研究者からなる研究チーム）は推定した。……ヒトが地球の扶養能力をどの程度超えてしまっているかは、「エコロジカル・フットプリント」(Ecological Footprint, EF) 分析と呼ばれるツールを用いるとよく分かる。……ある集団のエコ・フットプリントは、「その集団が消費する資源を生産し、かつその集団が生み出す廃棄物を同化するのに必要とされる土地と水の生態系の全面積」である。今見たように、エコ・フットプリント分析は、私たちがすでに地球の長期の扶養能力を四〇%ほど超えてしまっているようだということを示唆している。……この分析やほかの分析も、そして常識も、人間の営みがすでに持続不可能な状態にある（人間の側の需要が、自然が提供できるものを超えている）……ということを示している。（エーリック 二二六）

今や、地球は人間に完全に支配され、他の生命体も含めその危機的状況を代弁できるのは人間しかいない。

おわりに――黙示文学としての『ウィサヒコン』

さらに言えば、『ウィサヒコン』は、マッキベン（Bill McKibben）の主著を予言する作品になっているのではないだろうか。彼は『アーース』（*Eaarth: Making a Life on a Tough New Planet*, St. Martin's Griffin c2011）で、人類はその行動の結果として、産業革命以前とは根本的に異なる世界に住んでいると主張し、地球は，過去二〇〇年にわたって社会を動かしてきた経済成長をもはや支えられないところまで来ていると彼は警鐘を鳴らす。マッキベンの提案では、人類が破滅を避けるには、より永続的で局地化された経済に転換することによって、局地的な農業とエネルギー生産の成功例も紹介しながら、富と資源の維持を目指す必要があると、簡単に言い換えれば持続可能な社会を提案している。エネルギーと食料の問題こそ我々が生き残りをかけた場合、最大の問題となる。言い換えれば、日々の食事に窮することなく、社会を動かすエネルギーが確保できていれば、裕福な社会へわざわざ出向いてテロ活動をしようなどという気はふつう無くなるはずだ。宗教の問題は隠れ蓑で、実は格差の問題であり、貧困の問題である。環境を考えることは、やはり自然っていいなあなどと感傷に浸っていることではなく、前世紀的経済成長を見直し、環境〈恐怖〉(horror) を感じ取り、真剣に自然と調和した生き残りの対策を考えることが、もう一つの〈恐怖〉(terror) 撲滅につながると考えることである。

『ウィサヒコン』という作品は、そこへの旅行手引書ではもちろんあるのだが、同時に、地球はもはや満杯で、どこへ行っても人間がおり、経済拡大優先から破滅へ至るという状況を予見した一種の〈黙示文学〉(apocalyptic literature) でもある。

＊本稿の初出は「ポーの『ウィサヒコンの朝』と環境恐怖」と題して『日本大学芸術学部紀要』第六四号（二〇一六）、二七―三九頁で、本論は、これを修正したものである。

参考文献

Crosby, Sara L. “Beyond Ecophilia: Edgar Allan Poe and the American Tradition of Ecohorror.” *ISLE* (*Interdisciplinary Studies in Literature and Environment*), 2014 Summer; 21 (3): 513–25.

Dayan, Joan. *Fables of Mind: An Inquiry into Poe’s Fiction*. OUP, 1987.

Ehrlich, Paul R. and Ehrlich, Anne H. *The Dominant Animal: Human Evolution and the Environment*. Island Press/Shearwater Books, 2009.　ポール・エーリック&アン・エーリック『支配的動物――ヒトの進化と環境』鈴木光太郎訳、新曜社、二〇一六。

Frank, Frederick S. and Magistrale, Anthony. *The Poe Encyclopedia*. Greenwood Press, 1997.

Gessner, Michael. “Poe’s Wissahickon.” *Edgar Allan Poe Review*, 2009 Spring; 10 (1): 92–98.

Hammond, J. R. *An Edgar Allan Poe Companion: A Guide to the Short Stories, Romances and Essays*. Macmillan, 1981.

Kennedy J. Gerald ed. *A Historical Guide to Edgar Allan Poe*. (Historical guides to American authors) OUP, 2001.

Mabbott, Thomas Ollive, ed., *Collected Works of Edgar Allan Poe*. Cambridge, Mass.: Belknap Press of Harvard UP, c1969–1978. v. 1, v. 2, v. 3.

McCullough, Dale R. *The Tule Elk: Its History, Behavior, and Ecology*. (University of California publications in zoology, v. 88). U of California P, 1969.

McKibben, Bill. *Eaarth: Making a Life on a Tough New Planet*. St. Martin's Griffin, 2011.

Morton, Timothy. *The Ecological Thought*. Harvard UP, 2010.

Pollin, Burton R. "Edgar Allan Poe and John G. Chapman: Their Treatment of the Dismal Swamp and Wissahickon." *Studies in the American Renaissance*, 1983; 245–74.

Quinn, Arthur Hobson. *Edgar Allan Poe: A Critical Biography. With a new foreword by Shawn Rosenheim*. Johns Hopkins UP, 1998.

Renza, Louis A. "Ut Pictura Poe: Poetic Politics in 'The Island of the Fay' and 'Morning on the Wissahickon'," in *The American Face of Edgar Allan Poe*. Edited by Shawn Rosenheim and Stephen Rachman. Baltimore: Johns Hopkins UP, 1995. 305–29.

Seton, Ernest Thompson. *Lives of Game Animals: An Account of Those Land Animals in America, North of the Mexican Border, Which Are Considered "Game," Either Because They Have Held the Attention of Sportsmen, or Received the Protection of Law*. With 50 maps and 1500 illustrations by the author. Charles T. Branford, 1925–28. V. 1, pt. 1V. 1, pt. 2V. 2, pt. 1V. 2, pt. 2V. 3, pt. 1V. 3, pt. 2V. 4, pt. 1V. 4, pt. 2.　シートン、E・T『トナカイの塩の道』今泉吉晴監訳、紀伊國屋書店、一九九八年、《シートン動物誌》第七巻。

Sova, Dawn B. *Edgar Allan Poe, A to Z: the Essential Reference to His Life and Work*. Facts on File, 2001.

Thomas, Dwight and Jackson, David K. *The Poe Log: A Documentary Life of Edgar Allan Poe, 1809–1849*. (American authors log series) G. K. Hall, 1987.

伊藤詔子「沼地とアメリカン・ルネサンス」、西谷拓哉&成田雅彦編『アメリカン・ルネサンス——批評の新生』開文社出版、二〇一三、三一—六〇頁。

——『アルンハイムへの道——エドガー・アラン・ポーの文学』桐原書店、一九八六。

野崎氏隆「富」、『中京大学教養論叢』二〇（二）、二一三—四四、一九七九。

元山千歳「ペット／『ウィサヒコンの朝』」、『ポオはドラキュラだろうか』勁草書房、一九八九、七〇—七三頁。

湯本貴和「持続可能なツーリズム」、『地球環境学事典』弘文堂、二〇一〇、二三〇—三一頁。

William Thompson Russell Smith (1812–96)
"A Scene on the Wissahickon" (1842)

James Peale (1749–1831)
"View on the Wissahickon" (1828)

Johan Mengels Culverhouse (1820–c. 91)
"Skating on the Wissahickon River Near Philadelphia" (1875)

William Thompson Russell Smith (1812–96)
"Boating Party on the Wissahickon" (1836)

John Gadsby Chapman (1808–89)
"Morning" in The Opal for 1844.
"The Elk, or Morning on the Wissahiccon"

William Croome (1790–1860)
From: Graham's Magazine, Oct. 1844.
Illustration to Charles J. Peterson's "The Pic-Nic: a Story of the Wissahicken."

『リトル・ドリット』
――エイミー・ドリットとグランド・ツアー――

吉田　一穂

はじめに

『リトル・ドリット』(*Little Dorrit*, 1857) は、チャールズ・ディケンズ (Charles Dickens, 1812–70) の第十一番目の小説で、ブラッドベリー・アンド・エヴァンズ (Bradbury & Evans) 社によってハブロット・K・ブラウン (Hablot K. Browne, 1815–82) の挿し絵つきで、一八五五年十二月から一八五七年六月まで月間で発表された。ポール・デイヴィス (Paul Davis) は、「作品は富と力に取りつかれたようになり、伝統的な階級的特権によって監禁状態に置かれ、圧迫するような宗教の悪影響を受けたヴィクトリア朝時代のイギリスを詳細に描き出している」と述べている (Davis 209)。デイヴィスが考えているように、ディケンズが『リトル・ドリット』においてヴィクトリア朝時代のイギリスの暗い側面を描き出したのには時期的なことも影響している。

一八五五年から一八五六年にかけてディケンズはイギリスとフランスを行き来した。どこに行っても「高名な作家」として挨拶されるのがわかって、彼は非常に喜んだ。華やかで洗練されたパリに比べると、今やロンドンは憂鬱で薄暗い場所であり、彼は自分がなぜこんなところに住んでいるのかと不思議に思うようになった (James 85)。このようなパリとの比較によりヴィクトリア朝時代のイギリスは、まるで監禁状態におかれているように感じられたことが想像できる。ディケンズは『リトル・ドリット』においてエイミー・ドリット (Amy Dorrit) のグランド・ツアーを通して監禁状態から解放されても心理的に平穏を得られない彼女を描き出している。それは父親のウィリアム (William) にも見られる心理である。ジェフリー・サーリー (Geoffrey Thurley) は、「私が考える物語のアイロニーは、ドリット家が遺産を受け取った後全く変わらないことである」と述べているが (Thurley 246–47)、どうしてディケンズは、サーリーが指摘するアイロニーを作品に表現したのであろうか？

本論文では、『リトル・ドリット』においてグランド・ツアーがエイミーにとって何を意味するかを考察することにより、ディケンズのアイロニーの意図を探ってみたい。

グランド・ツアーの前のエイミー

グランド・ツアーがエイミーに与える影響を考察するにあたり、まず旅の前のエイミーの状態に目を向けてみたい。エイミーは、クレナム (Clennam) 夫人の家に雇われた通いのお針子である。最初、アーサーの目にエイミーは次のように映る。

> リトル・ドリットの顔をはっきり描写することは難しい。いつも引っ込み思案で、奥まった隅で針仕事をやり、階段で誰かに出会うとひどく怯えた顔をして逃げ出してしまうからだ。だが蒼白い、透き通るような顔色で、穏やかな薄茶色の目を別にすれば、美しい造作ではない。かすかにうつむき加減の顔、か細い身体つき、よく動く小さな手、みすぼらしい着物——非常にきちんとした着物でみすぼらしく見えるのだから、実際その通りだったに違いない——これが仕事をしているときのリトル・ドリットの姿だった。(53)

「みすぼらしい服装」で特徴づけられるエイミーは、小説の中で監獄の中生まれ育った唯一の人間である。彼女の父親ウィリアムは、かつて手広い商社の経営者であったが、実際には履行されなかった契約書に署名したために商社を破産させてしまい、マーシャルシー (Marshalsea) 債務者監獄に入れられたのであった。どん底まで落ちたウィリアムは、借金取りに悩まされることのない監獄で自由と平安を見出し、「マーシャルシー監獄の父」という称号を得意に思うようになる。かつてウィリアムは、金に糸目をつけぬ教育を受け、非の打ちどころのない紳士として育った。門番の証言、すなわち、長官の家に新しいピアノが入ったとき代わりに試し弾きをやり、玄人はだしであったこと、監獄に入ってきたフランス人のフランス語より立派なフランス語を話したこと、監獄に入ってきたイタリア人と三十秒話したらそのイタリア人が恐れ入って一言も口をきけなくなってしまったこと、などを考慮すると、ウィリアムは紳士としての教育を受けたと推測できる。このようなウィリアムは、「マーシャルシー監獄の父」として監獄での生活に甘んじ、娘の苦労に無頓着である。

エイミーは、「マーシャルシー監獄の父」と呼ばれるほど堕落した人が自分の子供にとっての父親になれるわけはないと思い、自身は、夜学校に通い、兄と姉を昼間の学校に通わせる。兄のエドワード (Edward) は、バンガム (Bangham) 夫人の後任としての使い走りの仕事をするが、怪しげな仲間と汚い言葉で口をきき合うようになる。そのような兄を監獄から出そうとし、エイミーは信頼のおける友人の助けを借りて、倉庫業、菜園業、ホップ栽培業、法律業、競売業、醸造業、株式仲買業、駅馬車業、荷馬車運送業、一般卸売業、酒蒸留業、羊毛取引業、穀物業、回漕業などに勤めさせる。ところが、どこへ行ってもあきてしまいやめてしまう。それでも兄を何とか救ってやろうと思いエイミーは、倹約して彼をカナダに移民させるだけの金を貯める。しかしエドワードは、妹の健気な努力にもかかわらず、ロンドンからリヴァプールまで船旅をしたあげく、船旅にもあきて歩いて戻ることに決める。彼は、一ヵ月の後「ぼろぼろの服を着て靴もない状態で、以前にも増してあきあきした」(76) 様子で妹の前に姿を現わす。

注目に値することは、ディケンズが兄の世話をするエイミーを「彼の二番目の小さな母親」(75) と表現していることである。パトリシア・インガム (Patricia Ingham) は、「十九世紀においては、子供の誕生の際、あるいは、誕生後すぐに母親が死んでしまうことが多かったことにより、娘や妻の姉妹が家庭内の役割を引き継いで担う場合が多かった」と述べている (Ingham 108)。エイミーの場合、彼女が八歳のときに母親が亡くなったので、少しの猶予期間があったわけであるが、母親が亡くなってから除々に家族の中で母親の役割を担うようになったと考えられる。このようなエイミーは、父親の名誉を守るべく防波堤となる。エイミーはアーサーに対して父親を弁護して「父の態度は本当の紳士の態度で、見習うに値するとよく言われます」(97)、「父の困窮は父が悪いからではありません。四分の一世紀も牢屋にいれば、困窮しない人なんていませんものねえ」(97) と言うだけでなく、自分の住居についても次のように言う。

わたしは自分の住居を隠した方がいいと思いましたけれども、それは父を恥じていたからではございません。とんでもございませんわ！　それに人さまがお考えになるほど、わたしはあの場所を恥じてもおりません。善良で忍耐強くて正直な方がたが、不運のためにあそこに入ってしまった例を、わたしはたくさん知っております。あそこに居られる方がたは、ほとんど皆さんお互いに親切を尽くしておられます。あそこでわたしがとても楽しく、平和に暮らして来られたこと、わたしがまだほんの赤ちゃんの頃わたしをとってても愛してくださった、素晴らしいお友達が一人いらっしゃったこと、わたしがあそこで教育を受け、あそこで仕事を習い、あそこで安らかに眠ったこと――これを忘れたら本当の恩知らずです。これだけの恩を受けた場所に愛情の一かけらも感じないとしたら、それは人でなしの卑怯者ですわ」(97)

引用には、エイミーが父親の弁護をしようとして監獄の内情を説明しようとしている意図だけでなく、彼女にとっての監獄の意味をも示す意図が感じられる。すなわち、ジョセフ・ゴールド (Joseph Gold) が指摘しているように、「エイミーにとって監獄は家であり、自然な状態でいられる場所であるがゆえに監獄ではない」(Gold 226) ことを示す意図が感じられるのだ。マーシャルシー監獄の屋根裏という救いのない部屋がエイミーの住まいである。金で買える装飾品は全て父親の部屋へ持って行ってしまったので、みすぼらしい部屋であったが、彼女はそのみすぼらしい部屋に次第に愛着を示すようになり、そこで独りで座っているのが彼女の憩いとなる。

注目に値することは、エイミーの心理的傾向における自然な状態である。第一巻第十四章においてアーサーの前でエイミーは薄くすり切れた靴を隠そうとする。彼女は、もし靴を見られたらアーサーが父親を責めはしないか、「自分はのうのうと晩飯を食って、いたいけな娘が足を冷たい石にすりつけているのをよくも平気で放っておけるものだ!」(167) と考えはしないかと、それを恐れている。このようなエイミーは、始終父親のことを気にかけ献身的であり、父親をなだめたりすることを娘として自然なことだと思っている。一方で父親の方は、娘の着物、靴、必需品については一度として考えたことがない。ウィリアムの意識は、娘の幸福よりも自身の体面に向かっている。それは、エイミーが救貧院を住居とするナンディ (Nandy) 老人と腕を組んで表通りを歩いていたことに対する反応に見てとれる。ウィリアムはナンディ老人より自分が上にいる人間であるといつも意識していて、言動にもそれが表れている。ウィリアムがナンディ老人を遇するときの態度は、まるで封建時代の殿さまが地方の臣下に会うときのようであり、ご馳走をしたりお茶を出してやるときは、未開野蛮な遠隔の地からご機嫌伺いにやってきた家臣に対するようである。さらに、ウィリアムは、「連合救貧院というのは雑居の場でなあ。プライヴァシーもなければ来客もない。身分とか尊敬とか特性など全然ないのだよ。嘆かわしい限りじゃないか！」(365) とまで言う。ウィリアムの言葉は、自身の方がナンディ老人よりいい住居に生活していると考えていることを示している。

ウィリアムは完全に見下していたナンディ老人と娘のエイミーが腕を組んで歩いているところを見、大きな狼狽と失意落胆の様子を見せる。ウィリアムは自身の心情を「わたしの心を傷つけたのは、わが子が、わたしの大事なわが子が、実の娘が、表通りからこの共同宿舎内に入って来たときに、何と、救貧院支給の服を着た男と腕を組んで、笑っていたのだ！」(370) と言う。この言葉は、ウィリアムが何よりも体面を傷つけられることを恐れていることを示している。エイミーに対して「あきれ果てた監獄娘ね！」(368) と言う姉のファニー (Fanny) もまた、父親と同じように体面を何よりも重んじる人間なのである。

長くマーシャルシー監獄の住人であったドリット家であったが、ウィリアムが莫大な財産の法定相続人だと判明し、一家は監獄を出ることとなる。ウィリアムは、自分のために呼んだ洋服屋、帽子屋、靴屋に弟のため新調の寸法を測らせ、古い服装は脱いで焼却するよう命じる。ファニーとエドワードは流行のトップをいくエレガントな装いに変身する。一方でエイミーは、一家が監獄から出る前、着替えに行って胸が一杯になり倒れ、みすぼらしい着物を着たままアーサーに担がれて来る。ディケンズは、ドリット一家の変化を衣服によって表している。すなわち、ディケンズは、トマス・カーライル (Thomas Carlyle, 1795–1881) が『衣服哲学』(*Sartor Resartus*, 1833–34) で「衣服は我々に個性を、差別を、社会組織を与えた」(Carlyle 32) と述べているところを『リトル・ドリット』において表現している。ファニーがエイミーに何度も服を着替えることを促すことは、ファニーが社会的地位の上昇により服を変えなければならないことを自覚していることを示しているが、エイミーは社会的上昇にともなう変化を自覚しているのだろうか？　次にグランド・ツアーに行ってからのエイミーについて考えてみたい。

ドリット一家のグランド・ツアー

グランド・ツアーに行ってからのエイミーを考えるにあたり、まず、ドリット一家のグランド・ツアーの特徴について考えてみたい。大衆の観光旅行は、ヴィクトリア朝時代が生み出したものである。一八三〇年代と一八四〇年代の鉄道の広がりは、余暇と娯楽を目的とする多くの人々をかなりの距離輸送することを可能にした。ドリット一家のグランド・ツアーは、十八世紀に紳士がときには家族とともに、ときには家庭教師とともに行ったグランド・ツアーの流れをくむものである。リー・ジャクソン (Lee Jackson) とエリック・ナザン (Eric Nathan) は、とりわけイタリアとギリシアの廃墟に行く人が多かったことを指摘している (Jackson & Nathan 11)。一方、マイケル・ヒーフォード (Michael Heafford) は、ヨーロッパ旅行が裕福な人たちや貴族階級の独占物であり、たいてい一年かそれ以上続き、最も重要な目的地の中、一番はローマ、二番はナポリであったこと、参加者の中には、古器や芸術作品を買う収集家や職業的教育の完成を目指す芸術家がいたこと、を指摘している。また、ヒーフォードは、イタリア以外に目的地としてスイスが人気があったことを指摘している (Heafford 30)。『リトル・ドリット』の第三巻第一章は、アルプスの峠セント・バーナード (Saint Bernard) 峠で始まる。アルプスは、最も崇高なものとしての自然を体験できる場所であり (Heafoord 28)、グランド・ツアーに必須の場所であった。ところでディケンズは、旅行への随行者としてのジェネラル (General) 夫人を説明している。ジェネラル夫人は、四十五歳で六十歳の兵站部将校と結婚したが、夫の死後、自分の資産が少なかったので、良家の若い子女の精神教育と礼儀作法訓練をすることにする。彼女は、名門のやもめ男に十四歳の娘の精神教育と礼儀作法訓練を頼まれ、七年間その仕事に従事し、その間ヨーロッパ旅行をして文化的教養の持ち主たる者が見る必要がある様々な事物を見て回った。娘もやもめ男も結婚し、役目が終わったので、ジェネラル夫人は、折よく申し出たウィリアムに年額四〇〇ポンドで雇われたのであった。

このようなジェネラル夫人を娘たちの教育係にしたことには、ウィリアムの高い地位にともなって自分自身も家族も尊敬されるように努力しなければならない、という意識が働いている。彼の高い地位に対する意識は、セント・バーナード峠から下りてきた日、宿屋の主人が予約した部屋の一つを他人に使わせていたことに直面したとき見せる怒りに明らかに見てとれる。宿屋の主人が身分の貴い婦人の、食事のために部屋を取りたいとの申し出に負けてしまったと釈明するが、ウィリアムは、「この一家――わしの一家――どんな婦人よりも身分の貴い一家なんだぞ。その一家にきさまは、無礼な振舞いをしたんだ」(460) と怒りをあらわにする。最終的に部屋を借りた婦人、すなわち、マードル (Merdle) 夫人の釈明と詫びにより、事は終息する。

ウィリアムにとってグランド・ツアーは、娘たちの教育のためだけでなく、地位の上昇をアピールするためにも行われている。一方でディケンズは、父親に令嬢としての地位を保たなければならないと強く言われているエイミーの旅の印象を次のように表現している。

このような位置に置かれた彼女にとって、見るものすべて実在感がないように思えた。景色が素晴らしければ素晴らしいほど、一日じゅう何もすることなく過ごしている彼女の内面生活の実在感のなさに、その景色がことさら似てくるのだ。シンプロン峠へ向う谷間。驚くべき深い渓谷。雷の轟きのような滝。素晴らしい街道。車輪が一個ゆるんでも、馬が一頭よろけても、破滅に追いやられるかもしれぬ危険な場所。イタリアへ向う下り坂道。ごつごつした岩の谷が広まるにつれて眼前に開けてくる美しい国。それは暗い陰気な監獄から釈放されたかのようだったが、こちらは夢にすぎず、昔のあさましいマーシャルシー監獄だけが現実のように思われた。(463–64)

引用は、エイミーがセント・バーナード峠から下り、シンプロン峠へ向う谷間、渓谷、滝を望む場所に来ていることを示している。シンプロン峠は、スイス南部にある峠であり、標高二〇〇五メートルのところにある。一八〇〇〜〇七年ナポレオン一世が古い峠道を馬車道として、また、砲車を通せる道として整備して以来、アルプス越えの交通路として重要性を増した。セント・バーナード峠が標高二四七二メートルのところにあるので、そこから下りた後であったとしても、エイミーは高い標高のところにいることになる。

十八世紀後半から十九世紀初頭にかけてのロマン主義の時代に、ヨーロッパ人の自然と風景に対する感性は大きく変貌し、山に対する感性も変容した。たとえば哲学の領域では、『崇高と美の観念の起源』(*The Origin of Our Ideas of the Sublime and Beautiful*, 1757) の著者エドマンド・バーク（Edmund Burke, 1729-97) が、広大で、深く、垂直に切り立った山並み、ときには畏怖の念さえ生じさせる山並みを評価した。文学の領域では、ワーズワース（William Wordsworth, 1770-1850) は自伝的な長詩『序曲』(*The Prelude or, Growth of a Poet's Mind*, 1805) の第六巻「ケンブリッジの生活とアルプス旅行」の中で、アルプスを徒歩で通過したときに覚えた霊的な昂揚を謳っている（小倉 九四―九五）。

引用は、自然に対する畏怖を感じさせる一方、エイミーにとってグランド・ツアーが夢にすぎず、マーシャルシー監獄のみが現実であることを示している。エイミーの心理状態は、彼女がヴェネチアでアーサーに書く手紙に見てとれる。彼女の「私の生活の中では、何もかも見なれぬものばかりで、何もかも失ってしまったような淋しい思いをしています」(468) という表現は、彼女がマーシャルシー監獄にいたときの生活の方に現在よりも愛着を感じていることを示している。また、エイミーは、アーサーにジェネラル夫人のもとフランス語やイタリア語の習得に難航していることを訴える。ジェイムズ・R・キンケイド (James R. Kincaid) が注目しているように、ヨーロッパで旅行者になってもエイミーは視野を広げ、新しいことを学び、新しい友人を作り楽しんでいるように見えない (Kincaid 24)。

このことには、エイミー自身のアイデンティティの感覚が関係している。彼女は、あまりに長くマーシャルシー監獄で生活したために、「マーシャルシー監獄の子供」としてのアイデンティティ以外にありうるということが想像できないのである。ファニーが社交界に浸りきっている一方で、エイミーは姉の引き立て役に甘んじ、それ以上の地位を望んだりしない。またエイミーは、家族と一緒に外へ出かけたがらず、家族の付き合っている人々と会いたがらない。キンケイドは、「エイミーは望ましい旅の道づれではない。なぜならば、アルプスもローマもフィレンツェも娯楽もパーティーも全て彼女にとって監獄のように思われるからである」と述べている (Kincaid 25)。キンケイドが考えているように、エイミーには「マーシャルシー監獄の子供」としてのアイデンティティしかなく、地位の上昇によって可能となったグランド・ツアーに対する目的意識もない。このことは、貧乏画家ヘンリー・ガウワン (Henry Gowan) と比べると明らかである。ガウワンは、絵のためにイタリアに留学することから、目的意識を持っているからである。彼は、グランド・ツアーに同行したかっての画家たちを連想させる人物である。[3] グランド・ツアーが最盛期をむかえる十八世紀後半にはいると、英国の風景画家たちは、フランスを経てイタリアを周遊する貴族の子息たちに同行し、すでに喧伝されていた名所旧跡や風光明媚な場所を見て周るようになる。旅先での活発な製作実践にともない画題も南イタリアを含め広範な地域から拾われるようになり、英国の風景画は次第にイタリアの歴史と文化に関わる芸術へと進化していくことになる。将来の成功に野心を燃やす彼らにしてみれば、豊富な文化遺産を誇るイタリアでの滞在は、出色の経歴を形成する絶好の機会であった。[4]

　この時代の風景画家として、リチャード・ウィルソン (Richard Wilson, 1714–82) が有名である。彼は、一七五〇年から七年ほどローマを中心にイタリアに滞在し、風景画家としてイタリアで成功した後、英国へ帰ったのだった。彼は英国において風景画に専念し大成した最初の画家だと考えられている。一方、肖像画家ジョシュア・レイノルズ (Joshua Reynolds, 1723–92) も忘れてはならない。レイノルズは、一七四九年から一七五二年までイタリアに滞在し、ルネサンスの巨匠ミケランジェロ (Michelangelo, 1475–1564) やラファエロ (Raffaello, 1483–1520) の作品など古典美に開眼した。このことから、レイノルズがイタリア美術から多大な影響を受けたことは明らかである。

　ディケンズ自身は、イタリア美術に関して、『イタリア紀行』(*Pictures from Italy*, 1846) の中で印象を述べている。ダ・ヴィンチ (Leonardo da Vinci, 1452–1519) やミケランジェロの「筆づかい」に関し、ディケンズは、「偉大と言われるほとんどの画家たちでさえ、一生かかっても、その巨匠たちの半分も描くことはできなかったであろう」(346) と述べている。[5] また、ティツィアーノ (Titian, c.1487–1576)[6]、レンブラント (Rembrandt, 1606–69)、ヴァン・ダイク (van Dyck, 1599–1641) が描いた肖像画、コレッジョ (Corregio, 1489–1534)、ムリーリョ (Murillo, 1617–82)、ラファエロなどの様々な主題の絵に関しては、「それらの多くは、本当に、それらの評価において賞賛しすぎるとか、十分に賞賛し尽くすのは難しいであろう」(394) と述べている。このことは、ディケンズがイタリアで絵画を見て回ることの価値を十分認識したことを示している。『リトル・ドリット』で自身のことをヘボ絵かきと自覚しながらもウィリアムの肖像画に取り組むガウワンは、ヴェネチアからローマへと旅を続けることにより、かつてのイギリスからイタリアへ絵の勉強をしに行った画家たちを思い起こさせる。[7]

一方で目的意識がないエイミーは、全くグランド・ツアーに感銘を受けなかったわけではない。ヴェネチアを出た後、訪れたジェノヴァやフィレンツェ、そして名所の素晴らしさをアーサーに手紙で伝えていることから、彼女もまたイタリアの素晴らしさを十分認識していることは明らかである。しかし一方で、エイミーは自分が針仕事を習っている小さな子供になった夢をいつも見ることをアーサーに伝えるだけでなく、「わたしの貧乏とクレナムさまのご親切の思い出の場所をこんなにも懐かしがっているのです」(554–55) と書いていることから、「マーシャルシー監獄の子」としてのアイデンティティに愛着を感じていることが感じとれる。エイミーがかつてのアイデンティティから抜け出したいと思わないことは、虚飾に満ちた社交界で成功したいと思わないことからも明らかである。

エイミーと対照的なのが姉のファニーである。ファニーは、マードル氏の継子エドマンド・スパークラー (Edmund Sparkler) が迂遠省のお偉方の一人に任命されたと知り、エイミーに結婚をほのめかす。自らの地位のため結婚しようとする姉に対し、エイミーは、「お金持ちの姉さんがスパークラーと結婚するのを見るくらいだったら、わたしたち一家が食うや食わずの生活をした方がましだわ」(591) と言う。しかし、エイミーが他人と張り合うために結婚することの不幸を感じ、姉を引き止めようとするにもかかわらず、ファニーはスパークラーと結婚してしまう。ウィリアムは、社会的関係を強化するための伴侶をエイミーにも期待するが、エイミーは父親に、「わたしはいつまでもお父さんと一緒にここにいさせて下さい」(611)、「お父さんのおそばにいて、お世話するのだけがわたしののぞみですもの！」(611) と言う。

このようなエイミーは、父親がローマにおけるマードル夫人の晩餐会で「マーシャルシー監獄の父」としてのアイデンティティに逆戻りして、自身がマーシャルシー監獄で生まれたことを暴露されても恥ずかしいとは思わない。それだけでなく、彼女はマードル株に会社の財産を投資し破産し、マーシャルシー監獄に入ったアーサーを訪ねる。アーサーの傍で針仕事をするエイミーの姿は、かつての父親に対する姿を彷彿させる。アーリン・ヤング (Arlene Young) は、「リトル・ドリット（エイミー）は、下層中産階級の報われない美徳を具現化した人物である」と述べているが (Young 82)、たとえ社交界で成功者とならなくとも、アーサーに対し「いつまでもやさしく、忠実で、金の力に毒されていない彼女！　彼女の声音も、彼女の目の輝きも、彼女のやさしい手も、まさに真実とやすらぎの天使そのものだ！」(756) という印象を与えるエイミーは、実利主義が横行する作品において救済者と言ってもいい。ディケンズは、金持ちになってグランド・ツアーに行っても「マーシャルシー監獄の子」としてのアイデンティティから抜け出せないエイミーを描き出すと同時に、金や地位の上昇により毒されていないエイミーをも描き出している。

おわりに

以上、『リトル・ドリット』においてグランド・ツアーがエイミーにとって何を意味するかについて考察してきた。ディケンズは、ドリット家が遺産を受け取った後さらにグランド・ツアーに出てからも全く変わらないというアイロニーにより、環境の変化によりアイデンティティ・クライシスに陥る人間がいることを示している。アイデンティティ・クライシスが一番顕著に見られるのがウィリアムであるが、エイミーもまたかつての「マーシャルシー監獄の子」としてのアイデンティティを捨てられない。しかし、同じ一家に育っても気質の差によるところもあり、姉のファニーは新しい世界に順応するので、彼女はエイミーとは違い、マーシャルシー監獄を切り捨てられる人間なのだ。

それでは、グランド・ツアー後のエイミーを描き出したディケンズの意図はどこにあるのだろうか。ここで女性のための教育について触れておきたい。女性のための教育にとって重大な転機は、一八四八年ハーリー・ストリート (Harley Street) にクウィーンズ・カレッジ (Queen's College) が創設されたことにある。これは、キリスト教社会主義者、モーリス (Frederick Denison Maurice, 1805–72)

がイングランド初の女子カレッジとして設立したガヴァネス養成校である。クウィーンズ・カレッジでは、「算数、絵画、英文法、フランス語、地理学、歴史、ラテン語、声楽、博物学、読み書き」が教えられた。

一八四八年のクウィーンズ・カレッジに続くのが、一八四九年のベッドフォード・カレッジ (Bedford College) である。ベッドフォード・カレッジは、ユニテリアンのエリザベス・リード (Elizabeth Reid, 1789–1866) が創設した女性のための中等教育機関である。[8] ベッドフォード・カレッジでもクウィーンズ・カレッジと同じような講義が行われた (Jackson & Nathan 95)。このことから、女性であってもグランド・ツアーにより教養を深めることは、何らおかしくない時代であることは明らかである。

しかし、エイミーがグランド・ツアーの後、マーシャルシー監獄でかつての父親に対するが如くアーサーに接していることを見落としてはならない。そして、その結果として彼女がアーサーと結婚することを見落としてはならない。もし金や地位の向上により毒されていたなら、マーシャルシー監獄とは無縁でいたいと思うはずである。このことから、ディケンズは、「マーシャルシー監獄の子」としてのアイデンティティから抜け出せないエイミーを描き出し、環境の人間に対する力を示す一方で、財産も名誉も真の幸福を保証するものでないことを示した、と言っていいだろう。

注

＊本稿は、欧米言語文化学会第五回年次大会におけるシンポジウム「英米文学と旅」（二〇一三年九月一日、日本大学芸術学部江古田校舎）での発表に加筆修正を施したものである。

1 Charles Dickens, *Little Dorrit* (New York: Oxford UP, 1991), p. 53. この作品からの引用文は、この版により引用末尾の括弧にページを示す。日本語訳の部分は、小池滋『リトル・ドリット』（筑摩書房）を参考にした。

2 ヒーフォードは、一八三二年と一八四五年のジュネーブへの旅行者の年齢を次の表で示している（表1）。またジュネーブを出発する旅行者の目的地を次の表で示している（表2）。

3 ここで、グランド・ツアーにおけるイタリアについて付け加えておきたい。グランド・ツアーはあくまでヨーロッパ大陸を巡る大旅行であり、イタリア旅行と同義ではないものの、イタリアを含まぬグランド・ツアーはほとんどありえなかった。イタリアはグランド・ツアーのクライマックスを飾る最重要目的地であった。というのは、古代ローマ芸術に美の源泉を見出していた十八世紀の教養人にとって、その聖地であるローマを訪ねぬグランド・ツアーは無意味であったからだ。グランド・ツーリストたちは、イタリア滞在中に古代ローマ時代の彫刻はもちろん、ルネッサンス・バロック期のイタリア絵画なども鑑賞し、これらの本物をお土産として持ち帰ることも祖国の家族に期待されていた。

グランド・ツアーで培われた英国人のイタリア美術熱は、十八世紀のロンドンでいろいろな協会やクラブを創設させる。一七〇七年、古代美術研究協会が発足し、ここには古代ローマの景観版画家ピラネージ（Giovanni Battista Piranesi, 1720–78）も五七年に会員に迎えられている。一七三二年にはローマ留学経験のある芸術家たちによってローマン・クラブが結成され、三二年にはディレッタンティ協会が発足した。

表1

Age of British passport holders 1832 and 1845

Age	1832		1845	
	No.	%	No.	%
Under 20	43	7.3	45	5.7
20–29	256	43.5	279	35.3
30–39	155	26.4	197	24.3
40–49	72	12.2	137	17.3
50–59	43	7.3	91	11.5
60–69	15	2.6	38	4.8
Over 70	4	0.7	3	0.4
Total Responses	588a	52.0	790b	50.2

Notes a. Out of 1,130 b. Out of 1,573

表2

	1832–33		1845		1855	
From/to	No.	%	No.	%	No.	%
A	234	20.7	369	23.5	635	36.2
B	52	4.6	132	8.4	65	3.7
C	264	23.4	280	17.8	411	23.5
D	264	23.4	200	12.7	67	3.8
E	33	2.9	64	4.1	82	4.7
F	26	2.3	24	1.5	41	2.3
Chamonix	195	17.2	434	27.6	360	20.6
Unknown	62	5.5	70	4.4	91	5,2
Total	1.130	100	1.573	100	1.752	100

Note A northern France, including Paris, B eastern France, Germany including the Rhine, and Austria, C Switzerland itself, D Italy, E southern France, F western France, including Lyons. [Michael Heafford, "Between Grand Tour and Tourism British travelers to Switzerland in a period of transition, 1814–1860", *The Journal of Transport History*. Vo. 27. No. 1.]

ディレッタンティ協会は、グランド・ツアーから帰国した若い貴族によって形成された高級会員制クラブで、そこで彼らは会食を挟みながら古代ローマ美術について談義した。さらに同協会では、ロンドンでのイタリアオペラ上演を促進したり、ローマに留学する若い画家に奨学金を出したりした（河村 五―七）。

4 小針由紀隆氏は、一七七〇年代に少なからざる水彩画家たちが、ローマに一時的に住み、非公式の英国人芸術家グループを形成するようになった理由として、英国における絵画教育が水彩画を中心にしていたことや、英国がフランスのように留学生を受け入れるアカデミーをローマに設置していなかったことを指摘している（小針 四五）。

5 Charles Dickens, *American Notes and Pictures from Italy* (New York: Oxford UP, 1987), p. 346. この作品からの引用文は、この版により引用末尾の括弧にページを示す。

6 ジョヴァンニ・ベリーニ (Giovanni Bellini, c.1430–1516) が人生を閉じようとしていたその年、ティツィアーノはフラーリ (Frari) 聖堂の大祭壇画《聖母被昇天》(santa Maria Glorious) の板絵製作を委嘱された。フラーリ聖堂は有名であり、しかも祭壇画は人の目を引く場所であった。ティツィアーノはこの機会を十分に利用し、たぐいまれな劇的な力の溢れるインパクトの強い作品を制作し、この作品によって彼はヴァネチアの指導的な画家としてのみならず、ローマのラファエロやミケランジェロに匹敵する画家としての名声を築いた (Humrey 144–47)。ティツィアーノは、ヴェネチア絵画の特性をはっきりと自覚しながら、中部イタリアのラファエロやミケランジェロからも積極的に吸収し、祭壇画だけでなく肖像画や神話画にも革新をもたらした (Capretti 264)。

7 イタリアは画家たちだけでなく、建築家たちにも影響を与えたことを付け加えておきたい。ロバート・ミルン (Robert Mylne, 1733–1811) は、エディンバラの長く続く建築と石工の家庭に生まれた。彼は、十代に大工の見習いになり、二十代前半には木彫師として働いたが、弟のウィリアム (William) とともにヨーロッパで建築家としての修行をしたいと思った。父親の反対にもかかわらず、ミルンは資金もなくパトロンもないのに、ヒッチハイクと徒歩でイタリアを旅した。ヨーロッパ旅行の主な目的は、言語、習慣、様式、美学、趣向などを学ぶことであった。ロバート・ミルンは、一七五八年建築の聖ルカ銀メダルを獲得した。それによって彼は、イタリア芸術学院のフェローとして認められ、イギリスのグランド・ツアーを行う人たちの間で、絵の先生としての名声を高めた。セント・ポール大聖堂やニュー・リヴァー・カンパニー (New River Company) の下水に関する仕事の監督に任命され、そのことが収入を増やし名声を高めたが、ミルンは、カントリーハウスや病院のデザインを含む仕事を行うため、あちこちと旅する忙しい建築家でもあった。ミルンは、小説家のトバイアス・スモーレット (Tobias Smollet, 1721-71) や医学のハンター (Hunter) 兄弟、彫刻師のロバート・ストレンジ (Robert Strange) などを含む社交サークルの一員であった。彼は、一七六七年選出され英国学士院の一員となり、一七七〇年代市民技術者協会の設立者の一人となった (Nenadic 599-600)。(ロバート・ミルンは、一七六〇年代後半からニュー・リヴァー・カンパニーの公共下水計画の監督により、一年二〇〇ポンドの安定した収入を得ていた。ミルンはまた、一七六六年からセント・ポール大聖堂の建築監督をしていた) (Nenadic 603)。

8

ベッドフォード・カレッジの最初の生徒の一人に、二十二歳のバーバラ・レイ・スミス (Barbara Leigh Smith) という女性がいた。彼女は、芸術を学んでいた。それは、若い女性が美しく絵を描くことが快適であるからではなくて、画家として生計を立てることを意図したためであった。バーバラは裕福で、父親ベンジャミン・スミス (Benjamin Smith) は、彼女が二十一歳のとき、年に三〇〇ポンド与えていた。金を稼ぐ必要がなかったにもかかわらず、彼女は、仕事なしでは人生から活力の源が取り去られてしまうような気がして、この学校で学んだのであった (Brandon 234)。

補遺

ディケンズの『イタリア紀行』

『イタリア紀行』(1846) は、一八四四年七月から一八四五年七月まで、家族とともにジェノバ (Genoa) にいた年に、ディケンズがジョン・フォースター (John Forster, 1812–76) に書いた手紙に基づく旅行記である。この旅行記は、フランスからイタリアにいたる旅と北イタリアをめぐる旅について書かれている。ディケンズはとくにヴェニス (Venice)、ナポリ (Naples)、ポンペイ (Pompeii)、ヴェスヴィオス (Vesuvius) 山、ローマ (Rome) に魅惑された。彼は、見た場所や会った人、芸術、ローマ・カトリック教会についてコメントし、イタリアの貧困と抑圧がローマ・カトリックの影響によってもたらされているという考えを述べた。この手紙に基づく旅行記は、最初、一八四六年一月二十一日から三月十一日までの間デイリー・ニュース (*Daily News*) に発表され、改訂版が一八四六年六月にブラッドベリー・アンド・エヴァンズ (Bradbury & Evans) 社によって一巻本としてサミュエル・パーマー (Samuel Palmer, 1805–81) の挿絵つきで発表された。

『イタリア紀行』において最も特徴的なことは、美と宗教に関してディケンズの思想の断片が見られることだ。美に関する描写の際、ディケンズは、「ピクチャレスク（絵のように美しい）」(‘picturesque’) という言葉を用いている。彼は、フェッラーラ (Ferrara) を描写する際、「ピクチャレスク」

と表現している。ここでは、現実離れした光景を見てディケンズは、「ピクチャレスク」と表現している。注目に値する点は、古いゴシック建築の大聖堂も「ピクチャレスク」という言葉で表現されていることである。ディケンズの美意識は、特に歴史を感じさせる物に刺激されている。ヴェローナ(Verona)の古い橋を描写する際にも「ピクチャレスク」という表現を用いていることからもそのことは明らかである。一方で、ジェノヴァとスペッツィア(Spezzia)の間の沿岸道路から眺めた海に走るフェラッカ(felucca)船（地中海を走る小型帆船）を「ピクチャレスク」と表現していることから、この言葉は、歴史に縛られず用いられる場合もある。ただ古の都市シエナ(Siena)の大聖堂（十二〜十三世紀にかけて建造）に関しては、「ピクチャレスク」という言葉を使っていることから、非常に古く歴史のあるものを「ピクチャレスク」と表現していることになる。また、コリセウムを見た彼は、廃墟に感銘を受け、アーチ群を「ピクチャレスク」と表現している。このことから、彼の美意識はしばしば歴史感覚に影響を受けていることが明らかである。

絵画に関しては、ティツィアーノ、ラファエロ、ミケランジェロ(Michelangelo, 1475–1564)、ティントレット(Tintoretto, 1518–94)、などのヴァチカン芸術に崇高と畏怖を感じている。また、レンブラントやヴァン・ダイクが描いた肖像画、またグイード(Guido, c.1494–1534)、ムリーリョやラファエロやサルヴァトル・ローザ(Salvator Rosa, 1615–73)やスパニョレット(Spagnoletto, 1588–1656)の絵画を高く評価している。このことから、ディケンズの審美眼は、ローマ・カトリック教会の本拠地であることに左右されていないことは明らかである。

一方で宗教に関しては、ディケンズは、ローマ・カトリック教会の異端審問、押しつけがましさ、金権体質、儀式、安易な贖宥、聖遺物の展示などに対し批判的である。彼は、サン・ピエトロ大聖堂についてイングランドの多くの大聖堂や田舎の教会ほどに評価していない。サン・ピエトロ大聖堂に関する評価は、ディケンズの歴史認識に基づいていると考えられる。大聖堂は、四世紀のコンスタンティヌス（Constantinus, 272–337）帝の時代に造られたもので、約千年間、拡張されながらも、使われてきた。だが、老朽化した上に手狭になり、大改修が計画されたのだ。その資金が必要だったため、購入すれば贖罪を猶予するという免罪符（贖宥状）を、教会が大量に発行したことはよく知られている。免罪符を買えば、その人間が死んでから、煉獄での浄化に必要な時間が短縮されるとされた。このような歴史認識のもとディケンズは、ローマ・カトリック教を迷信的で、抑圧的で、保守的であると考えたと推察される。しかし、ディケンズが、カトリックの中でも押しつけがましくなく、隣人愛を実践しているカプチン修道会に対しては理解を示していることを見落としてはならない。あくまでも彼にとって理想的なキリスト教の姿とは、隣人愛の実践

サムエル・パーマー〈ローマのコロセウム〉
(The Oxford Illustrated Dickens, 366)
作品
Charles Dickens, *Little Dorrit*. New York: Oxford UP, 1991.

にあるのだ。

単なる旅行記ではなく、ディケンズの美と宗教に関する深い洞察が見られることから、『イタリア紀行』は、ディケンズの思想を知るための重要な手がかりを与えてくれる書である、と言っていいだろう。

参考文献

Brandon, Ruth. *Governess: The Lives and Times of the Real Jane Eyres*. New York: Walker Publishing Company, 2006.

Carlyle, Thomas. *Sartor Resartus*. Oxford: Oxford UP, 1987.

Davis, Paul. *Charles Dickens A to Z*. New York: Checkmark Books, 1998.

Dickens, Charles. *American Notes and Pictures from Italy*. New York: Oxford UP, 1987.

Gold, Joseph. *Charles Dickens: Radical Moralist*. Minneapolis: U of Minnesota P, 1972.

Heafford, Michael. "Between Grand Tour and Tourism British travelers to Switzerland in a period of transition, 1818–1860", *The Journal of Transport History*. Vol. 27. 25–33. No. 1. Ed. *Gijs Mom*. Manchester: Manchester UP, 2006.

Ingham, Patricia. "Nobody's fault: the scope of the negative in *Little Dorrit*", *Dickens Refigured Bodies, Desires and Other Histories*. Ed. John Shad. Manchester: Manchester UP, 1996. 103–111.

Jackson, Lee. Nathan, Eric. *Victorian London*. London: New Holland Publishers, 2004.
James, Elizabeth. *Charles Dickens*. London: Oxford UP, 2004.
Kincaid, James R. "Blessings for the Worthy: Dickens's *Little Dorrit* and the Nature of Rants", *Dickens Studies Annual*. Vol. 37. Ed. Stanley Friedman, Edward Guiliano, Anne Humpherys, Michael Timko. New York: AMS P, 2006. 21–28.
Nenadic, Stana. "Architect-Builders in London and Edinburgh, c. 1750–1800, and the Market for Expertise", *The Historical Journal*. Vol. 55. No. 3. Ed. Julian Hoppit, Andrew Preston, Michael Ledger-Lomas. Cambridge: Cambridge UP, 2012. 597–603.
Thurley, Geoffrey. *The Dickens Myth: Its Genesis and Structure*. London: Routledge & Kegan Paul, 1976.
Young, Arlene. *Culture, Class and Gender, in Victorian Novel: Gentlemen, Gents and Working Women*. London: Macmillan, 1999.
小倉孝誠『革命と反動の図像学　一八四八年、メディアと風景』、白水社、二〇一四。
カプレッティ、エレーナ『イタリア巨匠美術館』、森田義之監訳、西村書店、二〇一一。
河村英和『イタリア旅行』、中央公論社、二〇一一.
小針由紀隆『ローマが風景になったとき　西欧近代風景画家の誕生』、春秋社、二〇一〇。
ハンフリー、ピーター『ルネサンス・ヴェネツィア絵画』、高橋朋子訳、白水社、二〇一〇。

ヴィクトリア朝における日本の視覚的イメージ

清水　由布紀

はじめに

一八五四年にイギリスと始めて条約を結んだ日本は、イギリスにとっては未知の国であり、人々の興味をひきつけた (Cortazzi and Daniels xv–xvi)。日本美術はジャポニスムと呼ばれる芸術運動を引き起こし、ライオネル・ランボーン (Lionel Lambourn) など多くの研究者たちが西洋美術における日本美術の影響を議論した。日本美術がもたらした影響は芸術家だけでなく、イギリスに住む人々の日本に対する認識にも及んでいる。本稿では日本美術などの視覚的情報が、西洋美術だけでなく、イギリスの人々がもつ日本のイメージの形成にどのように影響したのかを、美術、旅行記、雑誌から探っていく。

日本に対する視覚的イメージの形成

国際博覧会

一八五〇年代に日本が列強に港を解放する以前から、漆製品などの日本の芸術品は一部の愛好家から支持を得ていた (Wichmann 8–10)。しかし、当時の日本の知名度を著しくあげたのは万国博覧会である。万国博覧会はヴィクトリア女王 (Victoria Alexandrina,1819–1901) の夫であるアルバート公 (Albert, Prince of Saxe-Coburg-Gotha, 1819–1861) が一八五一年に開催したのが始まりで、国力を国内外にアピールするために開催された。そのため、万博は雑誌や新聞では積極的に採り上げられ、直接足を会場に運ぶことがない人々もその詳細を知ることができた (Davis ix)。万国博覧会は国を挙げて催された大イベントであり、階級にかかわらずイギリス国民の世界観に影響を与えた。

日本の展示が初めて現れたのは、一八六二年の第二回ロンドン万博からである。この万博は前回のものより規模も経費も増え、入場者数は約六二一万人にのぼった（楠本 57）。展示品は駐日英国大使であったラザフォード・オールコック (Sir Rutherford Alcock, 1809–1897) が集めたもので、これが、西洋人が目にする初めての大規模な日本製品のコレクションである (Lambourne, *Japonisme: Cultural Crossings between Japan and the West* 232)。オールコックは日本の幕府からの収集の援助を断っている。彼は日本人の意見はあまり参考にせずに、自らの判断で展示する物品を決めた (Alcock vol. 1, 179)。

彼は漆器や陶器だけでなく、草履や雨合羽などの日用品や紙の原料や生糸など、幅広く日本の物品を集めた（楠本 59）。この日本コーナーは来場者たちを魅了し、画家で彫刻家のフレデリック・レイトン（Frederic Leighton, 1830–1896）は「甘美さ、柔らかさ、優美さが、グロテスクさにより高められ、なおかつ全てが調和している」と展示された日本美術を称賛している（Alcock vol. 2, 246）。つまり、英国人の好みに合わせてオールコックが演出した展示にて日本は紹介されることとなった。

第二回ロンドン万博でイギリス人が出会った日本はオールコックコレクションだけではない。一八五八年に締結された修好通商条約で取り決めた開港の延期を交渉するために訪英していた竹内使節団も人々の注目を集めた（宮永三―四）。五月一〇日の『ロンドン画報』（*The Illustrated London News*）では、画廊に続く長蛇の列の図を掲載している（図1）。列は様々な国の団体からなっており、遠近感を持たすために列の前方は小さく、後方に行くほど大きく描かれている。使節団は列の最後から二番目に位置し、題名の真上に描かれている。つまり一番大きく目立つように描き出されている。羽織袴で菅笠を持った二本差の侍の姿は、万博の光景の国際色をより豊かにし、極東のあまり知られていない国から来た人々が、英国の用意した画廊を見るために並ぶというは、英国の影響力の広さを印象付ける。視覚的に英国とは全く異なる文化や人種であることが明瞭な使節団は、英国の威厳を誇示するのに好都合なのである。

このように、日本は幅広い展示物や民族衣装を身にまとった使節団などによって視覚的に印象付けられることになり、このことが日本のイメージと「美」を繋げていくことになる。

リバティ商会

一八六二年の万博に展示された日本美術に魅了された一人にアーサー・リバティ (Arthur Lasenby Liberty, 1843–1917) がいる。彼は同年にファーマー&ロジャーズ (Farmer & Rogers) に入社した。ファーマー&ロジャーズは万博閉会後に日本コーナーのコレクションの一部を購入し、陶磁器などの東洋美術を扱う東洋倉庫を併設した。東洋倉庫は「芸術のための芸術」を追求し、当時の流行を作り出した唯美主義の芸術家たちの社交場になり、リバティも唯美主義者たちと交流を持つようになった (Adburgham 12–14)。東洋倉庫の支配人に昇格し、東洋倉庫をファーマー&ロジャーズ内で一番収益を上げる部門に育て上げたリバティに、唯美主義の芸術家たちは彼自身の店を持つように勧めた (Adburgham 17)。日本美術は、商店が取り扱うことにより、万博の展示品ではなく、実際に手にとって購入ができる商品になった。そのため新しい美を求める芸術家たちの研究対象になる一方で、多くの人に日本美術に接する機会を提供した。リバティが独立を勧められたのも、東洋美術を取り扱うだけでも十分な収益が期待できるからこそである。

一八七五年にリバティはリバティ商会を設立した。日本からの来た仏像や日本美術を買い求める著名な人物や女性で店は賑わった (Adburgham 21)。家庭を担当する女性の支持があるということは、日本美術がイギリスの家庭の装飾として人気を集めたことを表している。一八八三年の女性向け雑誌『レイディーズ・トレジャリー――家庭の雑誌』(*The Ladies' Treasury: A Household Magazine*) では日本の工芸品の模様の模写を連載している（図2）。このようにヴィクトリア朝の家庭では日本美術が取り入れられ、日常的に目にすることのあるものになっていった。

ヘレン・バーナム（Helen Burnham）とジェーン・E・ブラウン（Jane E. Brown）は、日本美術は「最新のモード」であり「都市郊外に住む新興中産階級が絶対もっていなければならないもの」と雑誌が宣伝したと述べている（バーナム、ブラウン　一二）。日本美術はイギリスでの「最新のモード」として、イギリスの美の系譜に新たに加えられている。つまり日本美術は日本という遠い異国を連想させるだけではなく、イギリスの新たな美として普及していったのである。また、バーナムとブラウンは「日本は垢抜けた上品なものになった」と述べており、日本美術だけでなく日本自体のイメージが美につながっていることを示唆している（バーナム、ブラウン　一二）。このように日本美術が商品として普及することにより、日本は「美」というイメージを連想させる結果になった。

日本美術と唯美主義

日本美術からイギリスでの新しい「美」を見出したのは芸術家たちである。特に唯美主義の芸術家たちの中には熱狂的な日本美術のコレクターが多く、伝統的な西洋の美の基準とは異なる日本の美を研究した。唯美主義を象徴する作家オスカー・ワイルド（Oscar Wilde, 1854–1900）も手紙の中で「どんなにありふれた扇のコレクションの中からでも、あるいはどのような日本美術の本からでも、若い芸術家は誰でも完璧な手本を得るだろう」と書き記している（Wilde 167–68）。日本美術は当時の新しい世代の新たな美の題材だったのだ。

一八八〇年にジョージ・ドゥ・モーリエ (George Du Maurier, 1834–1896) は、唯美主義運動を風刺する舞台『大佐』(*The Colonel* 1881) の舞台背景について以下のような助言をしている。

モリス風の緑のヒナギク柄に、下部 6 インチが緑と青のサージ製の壁紙にし、〔……〕間を十分に空けて青い陶器の皿を配置し、サンザシや桜が満開に描かれた青陶磁器の壺をあちこちに配置し、炉棚《ろだな》にはユリと孔雀の羽を刺したポットを置いてみなさい。〔……〕日本の今昔の六ペニーの扇を壁に不規則にかけるのもいい。(Ormond 278–79)

ウィリアム・モリス (William Morris, 1834–1896) はアーツアンドクラフト運動の第一人者で、装飾の美を重視した壁紙や調度品などの室内装飾を制作し、モリス商会にて販売した (Lambourne *The Aesthetic Movement* 18)。青陶磁器は唯美主義者たちの多くを魅了していた。ユリは、ダンテ・ガブリエル・ロセッティ (Dante Gabriel Rossetti1828–1882) などが属するラファエロ前派やワイルドを象徴し、孔雀はアメリカに豪奢な「孔雀の間」を制作したジェームス・アボット・マクニール・ホイッスラー (James Abbott McNeill Whistler, 1834–1903) を想起させる。つまりこの部屋はランボーンが述べるように「唯美主義の常套句」のような部屋である (Lambourne *AM*, 44)。そのような唯美主義的な空間の中に日本の扇も含まれている。「常套句」になるほど人々の認識の中では日本美術と唯美主義は深く関わっている。

ホイッスラーは歌川広重作の「名所江戸百景　両国花火」(1858) の構図を参考にした「黒と金のノクターン ─ 落下する花火」(*Nocturne in Black and Gold: The Falling Rocket* 1875) を発表したが、当時影響力のあった批評家ジョン・ラスキン (John Ruskin, 1819–1900) に「公衆の眼前に絵具の壺を投げつけたようなもの」と中傷された。彼は一八七八年にラスキンを訴え、その裁判の中で彼は自分の作品を「絵画」と呼ぶ代わりに、「私が解こうとしている問題」と呼んだ (Dorment, MacDonald, and Whistler 136–37)。つまり、「黒と金のノクターン」は彼自身の表現を模索した実験であり、参考にした浮世絵は彼が解き明かそうと試みた問題なのである。このように、日本美術は芸術家たちに新しい視点を与え、新しい美の表現を探している唯美主義者に支持された。その結果、日本芸術は「新しい美」になり、日本のイメージは日本自身をはなれ、英国の芸術家たちにより「美」の面が強調されることになった。

以上のことから、日本は美術によって視覚的にヴィクトリア朝の人々に認識されるようになった。万国博覧会では、英国人の嗜好にあわせて集められた展示や、異国情緒あふれる羽織袴の侍を通じ、日本は視覚的に大衆に認識された。さらにリバティ商会などの東洋美術を扱う美術品販売店が、日本美術を中産階級の装飾として取り入れることを可能にし、日本を「最新のモード」にした。唯美主義者を中心とした芸術家たちは日本美術から新たな美を見出し、日本の美のイメージを強調したのである。

日本のイメージと旅行記

日本美術と旅行記

女性向け雑誌『マイラズ・ジャーナル』(*Myra's Journal*)は、一八九二年に「日本の扇物語」("The Story of the Japanese Fans" 01 April, 1892:13–14)という小説を掲載しており、主人公の少女ルーシーは彼女の家に飾ってある日本の扇と花瓶に誘われ、幻想的な「日本の扇の国」(Japanese Fan-land)に行くが(図3)、現実にも日本の芸術に魅せられて日本を訪れた旅行者も少なくなかった。

一八七五年に来日した英国画家のフランク・ディロン(Frank Dillon, 1823–1909)は、帰国後日本を描いた作品を残している(Lambourne *JP*, 156)。「迷子の羽根」(The Stray Shuttlecock 1878)では、三味線を弾いている女性のいる部屋に、羽根突きをしていた女の子が、迷い込んでしまった羽根をとりにきた光景が描かれている。部屋は漆器、刀、掛け軸、団扇、皿や壷、花瓶などの日本美術であふれ、花瓶には桜が咲いている。ランボーンは、夏に履く草履を履きながら正月に遊ぶ羽根突きをしているこの絵は「日本の部屋を再生産したもの」だと指摘している(Lambourne *JP*, 156–57)。季節感に整合性がなく、土足で部屋に上がろうとする光景を描くこの作品は、彼が実際に目にしたものを描き出したというより、彼の日本の部屋に対するイメージを具現化している。実際の経験よりも日本美術からくるイメージが先行しているのだ。

美術のイメージが実際に目にしたものに影響を与えているのは画家に対してだけではない。紀行作家のアンナ・ブラッシー (Anna Brassey, 1839–1887) は一八七七年に家族と共に日本を訪れている。彼女の旅行記『「日の光」号での航海』(*A Voyage in the 'Sunbeam'* 1881) の中で彼女は、「上陸して五分も経たないうちに、私はイギリスに飾られている扇、屏風、壷などが、日本の芸術家たちによって如何に忠実に再現されているか今までにないほど理解した」と語っている (Brassey 314)。ブラッシーは母国にある日本美術を通じて目の前の日本を認識している。日本は彼女にとって母国の部屋を飾る装飾品を再現した国であり、「最新のモード」をもたらした美を体現した国なのだ。子供たちも、初めて見た日本人に対して「まるで扇が歩き回っているみたいだ」と評しており (Brassey 314)、子供たちの目には日本人と芸術品は一体化している。

エドワード・サイード (Edward Wadie Said 1935–2003) は比較的に知られていない以前には遠く隔たっていたものに対峙するとき、頼みになるのは「新しい経験に似ている経験」や、それに関して読んだ書物であると述べているが (Said 93)、日本に来た旅行者の場合、最も身近にある「新しい経験と似ている経験」は日本美術である。そのため日本について語る際に美術を引き合いにだすことになり、日本の美のイメージは実際に日本を訪れた旅行者によってますます強調されることになる。

「芸術の国」日本

ラドヤード・キプリング (Rudyard Kipling, 1865–1936) は一八八九年にインドからイギリスへの航海の途中で初めて日本を訪れた喜びを『海から海へ──旅に関する書簡』(*From Sea to Sea and Other*

Sketches: Letters of Travel 1899）の中で次のように表している。

そして私は日本にいた。――飾り戸棚と建具、風流な人々に美しい所作の日本。クスノキの工芸品や漆器やサメの肌でできた刀の故郷である日本。本には何と書かれていただろうか？――芸術家の国だ。（Kipling 314）

ここで彼が思い描いている日本は、当時の英国人が日本に抱いているイメージで、西洋とは異なる趣を持った装飾品や、独特の材料を使った工芸品を思い浮かべることにより、日本を西洋とは異なった異国情緒あふれる「芸術家の国」として認識している。日本の松を見た際に「これは日本の屏風に描かれた緑であり、屏風の松そのものである（Kipling 314）」と述べているように、彼もブラッシーと同様に今まで目にしてきた日本美術のイメージを介して実際の日本を見ている。また彼は「美しいりんごのような頬」の「バスク人のような顔つき」をした俥夫を見つけて歓喜の声を上げる。なぜなら車夫は『ミカド』（*The Mikado, or The Town of Titipu* 1885）の第一幕を思い起こさせるからだ（Kipling 315）。『ミカド』はウィリアム・S・ギルバート（William S. Gilbert, 1836–1911）が脚本を担当し、アーサー・サリヴァン（Arthur Seymour Sullivan, 1842–1900）が作曲した、ティティプという架空の日本の都市を舞台にしたオペレッタで、二年間で計六七二回の公演を果たした二人の共作の中で最も成功した作品である（Gilbert 257）。キプリングは日本美術だけではなく、英国で人気を博した舞台を通じて実際の日本を見ている。つまり彼は今まで培ってきた日本のイメージを現実の日本の中に見出そうとしている。

キプリングが来日していた当時日本は西洋化が進んでおり、彼は洋装の警官に出会っている。彼は日本人の洋装を好ましく思っておらず、日本人の洋装は「下品」で日本人の「芸術的本能を部分的に曖昧にした形」であると嘆いている (Kipling 319)。和装は日本人の芸術的本能の表れであり、日本人の洋装は、その本能の現前化を阻み、日本人の美観、つまり「品」を失わせてしまう。つまり、日本人が日本式の様相であることは本能から決められており、それこそが日本人の美的価値であるということを暗示している。イギリスで日本美術が与えた視覚的イメージは、日本人の本質や価値であるかのようにみなされているのだ。

「妖精の国」日本

「芸術の国」の国民である日本人は本能の段階で芸術と関わりを持っており、その芸術は西洋のものと異なっている。つまり本能が西洋人と異なっているとキプリングは示唆している。実際に彼は日本のことを「妖精の国」と呼んでいる (Kipling 332)。日本を「妖精の国」と呼ぶのはキプリングだけではない。一八五九年に出版された『エルギン伯爵の中国・日本使節録』(*Narrative of the Earl of Elgin's mission to China and Japan in the years 1857, '58, '59, 1859*) は、前年に日英修好通商条約を締結させた第八代エルギン伯爵ジェイムズ・ブルース (James Bruce, 8th Earl of Elgin, 1811–1863) の記録を秘書で作家のローレンス・オリファント (Laurence Oliphant, 1829–1888) が綴った作品である。オリファントは日本の家屋の様子を以下のように表現している。

我々はおそらく兵舎であろう頑丈な建物や、テラスと遊歩道がある美しく手入れがされた庭や、慎重に剪定された垣根を見学した。そこに出入りをしている人々のドレスの鮮やかな色が、景色を陽気で殆ど妖精のような様相にしている。(Oliphant vol. 2, 7)

エルギン伯爵が帰国した一八五八年、各新聞や雑誌は日本訪問についての「個人的な手記」を公開している。そこでは、日本の「家屋や人々は極めて清潔である」と述べている ("Lord Elgin's Treaty with Japan." *The Times* 01 November, 1858)。『エルギン伯爵の中国・日本使節録』では、家屋の「清潔」さを「手入れをされた庭」や「慎重に剪定された垣根」で表しており、日本人の細やかさをより深く印象付けている。また人々の「清潔」さは、鮮やかな色をした「ドレス」に表れている。着物は単なる服ではなく「ドレス」であり、その美しさは日本を「陽気」で「妖精のような」国にしてしまう。つまり清潔さを表す記述は細やかさや美しさを強調し、それは、キプリングが言うような「芸術家の国」を印象付けると同時に「妖精がいるような国」という幻想的なイメージを与える。

アーネスト・サトウ (Sir Ernest Mason Satow, 1843–1929) は『一外交官の見た明治維新』(*A Diplomat in Japan* 1921) で、いかにサトウが『エルギン伯爵の中国・日本使節録』に魅了されたかを語っている。サトウはオリファントが描いた「実在する妖精の国」に想像を掻き立てられ、ほどなくしてオリファントの使節録以前に書かれたペリー提督の日本への遠征の報告を読んだ。ペリー提督の報告はオリファントのものより心酔していない外観と文体だったが、オリファントが与えた印象をより確固たるものにする結果になったと述べている (Satow 17)。ペリー提督の報告は「アメリカ合衆国議会の命により出版」されており (Hawks i)、著者は「『真実』のみを扱うのが職務である」(Hawks iv) と述べているように、オリファントの「妖精の国」の様な表現は見受けられない。しかしペリー提督の報告は、オリファントの幻想的な描写を打ち砕くことなく、かえってその幻想を信じる材料になっている。

イザベラ・バード (Isabella Lucy Bird, 1831-1904) の『日本奥地紀行』(*Unbeaten Tracks in Japan*, 1880/1885) のように、日本は「妖精の国ではない」(Bird vol. 1, 150) とオリファントの描くような幻想を打ち砕こうとする旅行記もあるが、「妖精の国」のイメージは一九世紀では続いていく。

このように、日本美術がもたらしたイメージが、実際の日本を見るヴィクトリア朝の旅行者の視線に影響を及ぼした。ディロンは、日本をありのままに描写するよりも、日本に対して抱く芸術のイメージをもとに日本の部屋を「再生産」している。ブラッシーとその子供たちは日本を母国に飾られている美術品を通じ認識しており、日本と美術品を重ね合わせ、美のイメージを膨らませている。キプリングは美術品や舞台など英国で育まれた日本のイメージを現実の日本から見つけ出すことに喜びを感じている。彼は日本を「芸術の国」とみなし、日本人は本能的に芸術的であると考えている。また日本人が「芸術的本能」をもっているという認識は、日本人を人間以外の存在であるように印象付ける。オリファントから続く「妖精の国」のイメージは、実際の日本を体験した後も完全に壊されることなく少なくとも一九世紀末まで続いていく。彼らの旅行記は日本に対する幻想的な美のイメージを強調し、より説得力のあるものにするのである。

ヴィクトリア朝雑誌からみた日本旅行記

ヴィクトリア朝雑誌から見た日本

旅行記は日本に関する重要な情報源である。雑誌は旅行記の書評の他に、『カインド・ワーズ』(*Kind Words*)の「日本での一六週間」("Sixteen Weeks in Japan" 1871)のように旅行記を連載している。また、旅行記として出版されたものの一部を引用されている場合もある。例えば、スイスの外交官で旅行家のエメ・アンベール＝ドロー(Aimé Humbert-Droz 1819–1900)が出版した『幕末日本絵図』(*Le Japon Illustré*, 1870)はいくつかの雑誌で引用されている。本著はアンベールが一八六三年にスイス連邦全権大使として来日した記録をフランス語で綴った作品である。初版の四年後に英語版が出版されたが、これは二巻本が一巻になった省略版であり、省略版に掲載されていない部分、特に挿絵をイギリスの雑誌は取り上げている。それでは『幕末日本絵図』がどのように引用されているかもう少し詳しく見てみよう。

江戸の大道芸と娯楽

『幕末日本絵図』がフランスで刊行された年に、『トレジャリー・オブ・リテラチャー・アンド・レイディーズ・トレジャリー』誌（*The Treasury of Literature and The Ladies' Treasury*）の「娯楽の有用性において」（"On the Utility of Amusement" 1870）という記事の中に、アンベールの旅行記に掲載された挿絵「江戸の小さな大道芸」（"Petits Saltimbanques a Yédo" 1870）（図4）の模写が登場する（図5）。記事は、英国においていかにして娯楽が楽しまれてきたか、また、娯楽はどのような作用があるのかを議論している。挿絵の解説は記事の後方に以下のように掲載されている。

我々の版画は日本の江戸で出会った娯楽たちを表している。調理係のメイドが窓の下にいる吟遊詩人と言葉を交わすために調理場を離れる。店主は恐ろしいほどグロテスクなものを見に外に出る。その怪物を見て子供が母親のもとに逃げており、その一方で母親は軽蔑するようにそれを見ている。それでもなお、道化はよくやっている。昔からのことわざ「よく学びよく遊べ」は、生き急ぐ現代において、よくよく覚えておくべき格言である。仕事のしすぎには「急がば回れ」を思い出すべきだ。従って、絶え間ない労働の回転砥石から体や心を連れ出してくれるものは、モラルに反しない限り全て歓迎すべきである。（"On the Utility of Amusement." 01 April, 1870: 108)

記事は挿絵に何が描かれているのか詳細に解説しながら、日本人が如何に娯楽を楽しんでいるのかを伝えている。そしてことわざを使い娯楽の重要性について考察している。つまりこの図は娯楽の価値を示すための材料なのだ。そのため、挿絵の題名も原題の「江戸の小さな大道芸」から「日本の通りの娯楽たち」（"Street Amusements in Japan"）と、「娯楽」という語が入った題名に変わっている。本文には図の典拠が載っておらず、「江戸の小さな大道芸」に書き入れられている画家のサインも消えている。つまり、本来はやっとたどり着いた江戸の賑やかさを表す旅行記の挿絵が、娯楽の重要性を訴える雑誌の記事の挿絵にかわっており、ほぼ同じ図にも関わらず、与える情報の意味合いが異なっている。

奇抜な恰好や行動をとり、それを見るために職場を離れている日本人の図は、イギリスの「絶え間ない労働の回転砥石」からほど遠い印象を与える。風変わりな様相と曲芸が、日本の「妖精の国」のイメージを増幅させ、日本人が仕事よりも娯楽を優先させているかのように暗示させる。旅行記の挿絵という旅先での経験を鮮やかに伝えるための絵が、記事の内容により別の解釈が加えられ、日本の幻想的なイメージを増強しているのである。

日本の女性と川渡り

『トレジャリー・オブ・リテラチャー・アンド・レイディーズ・トレジャリー』誌は一八七一年にも『幕末日本絵図』の挿絵を引用した記事を載せている（図6）。九月一日に掲載された「日本の女性」("Women in Japan")では、日本の女性は単なる夫の暇を埋める「おもちゃ」ではなく、教養のある女性は詩や小説に才能を発揮するが、政治や商売のことについては関知しないと記述されている("Women in Japan." 94–95)。ここでは日本の女性を保守的な女性の価値観から高く評価している。また、日本の女性は結婚後に貞淑であり続ければ、婚前の純潔についてはさほど重要視されないと記述され、「イギリスやその他の国では『社会の悪』」とみなされる売春婦の高い教養と洗練されたしぐさについて語られている("Women in Japan." 94)。婚前の貞操を問わず、売春婦である遊女が高い教養を受けられる日本は、貞淑が重視されているヴィクトリア朝の女性の価値観とは全く異なっており、性に奔放なオリエントのイメージを暗示させる一方、貞操に縛られない女性の価値を受け入れる社会の可能性も示している。挿絵の説明は以下のように続く。

> 版画は、暑い午後に頻繁にみられる、男女ともに気晴らしをしている様子を描いている。日本ではどこにでもあるおびただしい数の浅い湖を、男性が女性を担ぎ渡っている。箱舟のような社は大名の家系の人物が乗っており、たくさんの男性によって引っ張られている。大名は尊い象徴なので近くでも遠くでも拝見することはあまりない。馬の代わりをしている男性たちは粗暴な奴隷である。("Women in Japan" 96)

「日本の通りの娯楽たち」のように見えているものを詳細に説明しているのではなく、情報を追加して解説をしている。しかし、その情報は必ずしも確かなものではない。雑誌に掲載されている挿絵「潟を渡る日本人淑女と紳士」("Japanese Ladies and Gentlemen Crossing a Lagoon")の引用元は「浅瀬の通過」("Passage D'un Gué")という版画である（図7）。これはアンベール一行が東海道を上る途中、浅瀬を渡ることになったが、橋がなく、代わりに向こう岸まで人や荷物を運ぶ職業があり、無事向こう岸まで渡れたという記述に付随した挿絵である。アンベールはその職業が代々続いていることや、どのような姿をしてどのような刺青をしているか、何人でどれだけ運べるかなどを書き残しているが、奥のかごの中に大名が入っているということは明記されていない（Humbert 287–88）。つまり筆者は引用した旅行記の情報を全く取り入れず、別のところで得た知識や自身の想像で挿絵を解釈している。

記事の題名が「日本の女性」であることから、挿絵の中で一番目に入りやすいのは男性に運ばれている女性たちである。運ばれている男性もいるが、表情などをうかがうことはできず、大名も籠の中で姿を見ることはできない。題名に「日本人淑女と紳士」と付け足されているように、これは男女の関係を示す絵だと解釈されている。つまり女性が優雅に男性の上にのって運ばれている図であり、男性の「おもちゃ」ではない日本女性を象徴している。男性が労働している中で優雅に運ばれるよりも、気晴らしとして男女ともに楽しんでいるとした方が、女性が不謹慎であるという印象を避けることができ、運ぶのが奴隷であった方が、肩車をさせられ少しつらそうな表情をしている運搬人の心情を慮る必要性が減少する。職業という金銭的なものではなく、気晴らしという心情的な合意に基づいて行われているとすることで、挿絵はイギリスでは受け入れがたい状況を遠い異国では受け入れているということを実証している。挿絵は日本の旅の珍しい状況を描いたものから、日本人と英国人の価値観の差を象徴するものになっている。

日本をのぞき見

『幕末日本絵図』の刊行から一〇年後の一八八〇年一月一〇日に『ガールズ・オウン・ペーパー』誌（The Girls Own Paper）にて「日本をのぞき見」（"A Peep in Japan"）という記事が掲載されている。この記事には日本の家屋や室内装飾の紹介の他に、同号に掲載されている二枚の絵の解説をしている（C. P. *The Girls Own Paper*, January 10 1880, 25–26）。

一枚目は「日本の冬散歩」（"A Winter Walk in Japan"）という彩色画である（図8）。これは二代目歌川国貞作「紫式部げんじかるた六、末つむ花」（1857）の模写である。記事では傘をさしている女性を比較し、かんざしを多くさしている方が低い地位にあり、簡素である方が位の高い女性だと述べている（C. P. 26）。粋な柄の着物を着、頭に頭巾をかぶって身をやつしている男性の隣にいるのは遊女である可能性が高い。娼婦を「社会の悪」と考えていたヴィクトリア朝の人々にとっては、遊女を低い身分だと考えるのは自然なことである。「日本の女性」の解説のように、真偽が確かではない情報や想像をもとに書いているのではなく、史実と大幅に外れている情報は掲載されていない。

もう一枚は「日本の学校、土着の絵画から」（"A Japanese School, from a Native Painting"）である（図

9)。「土着の絵画から」とあるが、これは『幕末日本絵図』の「日本の学校」("Une École Japonaise")の模写である（図10)。「土着の絵画から」という追加以外は、題名は『幕末日本絵図』の直訳であり、前述二つの記事に見られるような改変はない。また、児童がいろは歌を習っているという挿絵の解説もアンベールの記述と合致しており、記事の中に出てくるいろは歌の音の綴りも『幕末日本絵図』と完全に一致している(Humbert 103)。つまり、この記事の筆者はアンベールの著作をもとに記事を書いており、『トレジャリー・オブ・リテラチャー』誌の記事のように、自分のアイディアを裏付けるために日本の絵画を引用するのではなく、旅行記が伝えるままの日本を紹介している。

しかし、ここで注意しなくてはならないのは、この記事が一〇年前の旅行記を取り上げているということである。アンベールが日本を訪問してから本を出版するまで既に七年が経っており、旅行記に描かれた日本がおよそ一七年前の姿であることに、記事は言及していない。また、同じ記事の中で、一八五七年の浮世絵の日本の情景を解説しているが、こちらも描かれた日本がいつのものなのか記事はふれていない。つまり、江戸時代と幕末の時差が示されていないため、あたかも二枚の挿絵は同じ時代を描いているような印象を受ける。記事は描かれている情景が過去のものだと言及していないため、二三年前の姿が、雑誌が出版された当時の日本の姿だと読者が認識する可能性は低くない。従って、この記事は引用元の情報には忠実だが、典拠や描かれた年と記事が書かれた年の時間差を示していないため、日本のイメージを、列強に港を解放する前や直後の姿に固定してしまう。

以上のように、ヴィクトリア朝の雑誌の中には日本の旅行記の挿絵だけを取り扱っているものもある。挿絵だけ引用されるということは、視覚的な情報が文字の情報より優先され得ることを示しており、雑誌でも日本は視覚的に紹介されている。『幕末日本絵図』で引用されているのはアンベールが旅で出会った珍しい光景を描いたもので、西洋では出会えない光景、つまり西洋との差異が強く表れている場面の挿画が選ばれている。さらに、挿絵は文章以上に幅広い解釈が可能であり、『トレジャリー・オブ・リテラチャー・アンド・レイディーズ・トレジャリー』誌では、アンベールの旅行記の挿絵が、記者の意見に沿う形で解釈されている。西洋との相違点を強調した挿絵は、実際の体験談を綴った紀行文と切り離され、西洋とは異なる社会の象徴として利用されている。「絶え間ない労働の回転砥石」から遠く、女性がお互いに不満もなく男性に担ぎ挙げられている姿は、ヴィクトリア朝の女性の憧憬を投影したもので、日本の「妖精の国」のイメージが更に強化されるのである。たとえ『ガールズ・オウン・ペーパー』誌のように旅行記に沿った内容であっても、日本は開国前後の姿に固定され、実際は西洋化が進んでいたにも関わらず、西洋とは異なる存在であり続けていると印象付けているのである。

おわりに

本論では一九世紀世界に門戸を開いた日本をイギリスの大衆がどのように見ていたかを論じた。万国博覧会ではイギリスの人々に日本がどのような国であるのか視覚的に紹介した。展示されていた日本美術は西洋の人々を魅了し、芸術家たちに新しい美の視点を与えた。また日本美術は唯美主義的な装飾品として扱われ、日本の美のイメージを浸透させた。このイメージは実際に日本を訪れた旅行者たちにも影響し、彼らは美術品を通して日本を見た。キプリングは日本人を「芸術的本能」を持った人種であるとし、日本人自体に芸術のイメージを結びつけ、さらに日本人が妖精であるかのような印象を与えた。雑誌は日本旅行記の挿絵を引用して、母国とは異なる社会の存在を示した。その際に実際の経験を記録した旅行記の本文から挿絵は独立し、雑誌の読者が持ち得る母国では叶えることが困難であるような希望を投影した解釈がなされ、日本がますますイギリスとは異なった存在であることを強調した。また引用した出典や年代を明らかにしないため、日本は過去の姿を描いたものだとしても、出典と出版された年代の時間差を読者が知る可能性は低く、日本のイメージはいつまでも過去の姿に固定されるのである。このように、日本のイメージは、美術によって視覚的に形成され、それが実際の日本の表象にも影響し、「妖精の国」のような美と異質を強調した姿になり、異なる社会への憧れを反映しながら、過去の姿に固定されるのだ。

参考文献

Adburgham, Alison. *Liberty's: A Biography of a Shop*. London: Allen and Unwin, 1975.

"A Japanese School, from a Native Painting." *The Girl's Own Paper* 10 January, 1880: 25.

Alcock, Sir Rutherford. *The Capital of the Tycoon: A Narrative of a Three Years' Residence in Japan*. 1 Vol. Harlow: Longman,Roberts & Green, 1863.

Bird, Isabella L. *Unbeaten Tracks in Japan: A Record of Travels in the Interior, Including Visits to the Aborigines of Yezo and the Shrines of Nikko and Ise*. 1 Vol. Cambridge: Cambridge University Press, 2010.

BowleyAda. "The Story of the Japanese Fans." *Myra's Journal* 01 April, 1892: 13–14.

Brassey, Annie Allnut. *A Voyage in the 'Sunbeam'*. Chicago: Belford, Clarke & Co., 1881.

C. P. "A Peep in Japan." *The Girl's Own Paper* 10 January, 1880: 25–6.

Cortazzi, Hugh, and Gordon Daniels. "Introduction." *Britain and Japan*, Volume 7: Biographical Portraits. Eds. Hugh Cortazzi and Gordon Daniels.BRILL, 2010. xv–xx.

Davis, John R. *The Great Exhibition*. Stroud: Sutton, 1999.

Dorment, Richard, Margaret F. MacDonald, and James McNeill Whistler. *James McNeill Whistler*. London: Tate Gallery Publications, 1994.

Gilbert, William S. *The Annoted Gilbert and Sullivan*. Ed. Ian Bradley. 1 Vol. Harmondsworth: Penguin Books, 1985.

Hawks, Francis L. *Narrative of the Expedition of an American Squadron to the China Seas and Japan: Performed in the Years 1852, 1853, and 1854, Under the Command of Commodore M.C. Perry, United States Navy, by Order of the Government of the United States*. Washington: Beverley Tucker, 1856.

Humbert, Aimé. *Le Japon Illustré*. 1 vol. Paris: Hachette Livre, 2016

Kipling, Rudyard. *From Sea to Sea, and Other Sketches: Letters of Travel*. 1 Vol. London: Macmillan and Co., 1919.

Lambourne, Lionel. *Japonisme: Cultural Crossings between Japan and the West*. London: Phaidon, 2007.

——. *The Aesthetic Movement*. London: Phaidon, 1996.

"Lord Elgin's Treaty with Japan." *The Times*, 01 November,1858.

Oliphant, Laurence. *Earl of Elgin's Mission to China and Japan in the Years 1857 '58, '59*. 2 Vol. Uckfield: Rediscovery Books, 2006.

"On the Utility of Amusement." *The Treasury of Literature and The Ladies' Treasury* 01 April, 1870: 108.

Ormond, Leonée. *George Du Maurier*. London: Routledge & K. Paul, 1969.

Said, Edward W. *Orientalism*. London: Penguin Books, 2003.

Satow, Ernest Mason. *A Diplomat in Japan: The Inner History of the Critical Years in the Evolution of Japan when the Ports were Opened and the Monarchy Restored, Recorded by a Diplomatist Who Took an Active Part in the Events of the Time, with an Account of His?personal Experiences during that Period*. London: SEELEY, SERVICE & CO. LTD., 1921.

"Street Amusements in Japan." *The Treasury of Literature and The Ladies' Treasury* 01 April, 1870:107.

Wichmann, Siegfried. *Japonisme: The Japanese Influence on Western Art since 1858*. London: Thames and Hudson, 1981

Wilde, Oscar. *The Complete Letters of Oscar Wilde*. Holland, Merlin; Hart-Davis, Rupert, Sir; ed. New York, N.Y: Henry Holt, 2000.

"Women in Japan." *The Treasury of Literature and The Ladies' Treasury* 01 September, 1871: 94–5.

楠本町子「一八六二年第二回ロンドン万国博覧会における『日本』」『愛知淑徳大学論集——文学部・文学研

究科篇』四〇号 愛知：愛知淑徳大学文学部、二〇一五、五五—七二。

バーナム、ヘレン、ジェーン・E・ブラウン「イントロダクション——魅惑する日本」『ボストン美術館：華麗なるジャポニスム展：印象派を魅了した日本の美』遠藤望編、NHKプロモーション、二〇一四、一〇—一三。

ミッチー、トーマス・S「クイーンズウェアプレート」『ボストン美術館：華麗なるジャポニスム展：印象派を魅了した日本の美』遠藤望編、NHKプロモーション、二〇一四、五七。

宮永孝『幕末遣欧使節団』講談社、二〇〇六。

図1「万国博覧会開催—画廊への行列」
"Opening of the International Exhibition: The Progress to the Picture Galleries" *The Illustrated London News* 10 May 1862: 471

図2「箱の上部またはテーブルの中央における日本のデザイン」
"Japanese Design for the Top of a Box or Centre of a Table" *The Ladies' Treasury: A Household Magazine* 01 December , 1883: 700

図３「日本の扇物語」
“The Story of the Japanese Fans” *Myra’s Journal* 01 April, 1892: 13

図５「日本の通りの娯楽たち」
“Street Amusement in Japan’ *The Treasury of Literature and The Ladies’ Treasury* 01 April, 1870: 107

図４「江戸の小さな大道芸人」
“Petits Saltimbanques a Yédo” *Le Japon Illustré* Paris: Hachette Livre, 2016 p. 327

JAPANESE LADIES AND GENTLEMEN CROSSING A LAGOON.

図6「潟を渡る日本人淑女と紳士」

"Japanese Ladies and Gentlemen Crossing a Lagoon" *The Treasury of Literature and The Ladies' Treasury* 01 September, 1871: 94

図7「浅瀬の通過」

"Passage D'un Gué" *Le Japon Illustré* Paris: Hachette Livre, 2016 p. 289

図 8「日本の冬散歩」
“A Winter Walk in Japan” *The Girl’s Own Paper* 01 January, 1880: 30

図 9「日本の学校、土着の絵画から」
“A Japanese School, from a Native Painting”
The Girl’s Own Paper 10 January, 1880: 25

図 10「日本の学校」
“Une École Japonaise” Le Japon Illustré
Paris: Hachette Livre, 2016, 1870 p.101

ラフカディオ・ハーンの「古い日本」発見の旅
――「ある保守主義者」とは誰か――

横山　孝一

はじめに――ハーンと旅

ラフカディオ・ハーン (Lafcadio Hearn, 1850–1904) ほど、旅をした作家は珍しいかもしれない。以前、松江の小泉八雲記念館で、「旅人ヘルンシール」をお土産に買ったことがある。来日時に同行した画家のウェルドン (Charles Dater Weldon) が、旅行鞄を両手に持った後姿を描いた絵だ。ハーンといえば、この「旅人」の姿が最初に思い浮かぶ。「旅」は、ハーンの生涯を表わすキーワードの一つであり、『ファンタスティック・ジャーニー』(*A Fantastic Journey*) という題の伝記まで出ているほどだ。

しかし、ハーンの旅の多くは、通常の「旅行」とは異なる。簡単にハーンの旅を概観しておこう。ラフカディオ・ハーンはギリシャのレフカダ島で生まれ、わずか二歳のとき、父親の実家があるアイルランドのダブリンに旅をした。一三歳のときには、育ての親になった大叔母の希望で全寮制のカトリック学校に入るため、イングランドのダーラムに旅をしている。一七歳のときには、大叔母が破産し、かつての使用人を頼ってロンドンへ旅した。そして一九歳になると、新天地のアメリカへ旅に出ている。オハイオ州シンシナティで新聞記者として活躍するが、州の法律に違反して黒人女性と結婚したため職を失い、彼女ともうまくゆかず、結局、ニューオーリンズに単身、旅立つことになった。これらの旅は、「住んでいるところを離れて、一時的に他の土地に行くこと」（『明鏡国語辞典』）ではない。旅人ハーンの旅とは、概して、住んでいた場所を捨てて、新しい居場所に移るための旅であった。ラテン系の都市ニューオーリンズはハーンみずから行き先に選んだが、それ以前は、両親の結婚と離婚、大叔母の破産といった運命的な力に押し流された旅だった。一つの場所に落ち着くことができず、気に入ったニューオーリンズですら、安住の地にはならなかった。ハーンはニューオーリンズに帰ることなく、一八八七年、あこがれの仏領西インド諸島へ旅に出る。マルティニーク島で二年間を過ごし、西洋の機械文明から離れた生活に安らぎを見出したが、そこでずっと暮らす金銭的余裕はなかった。一時、アメリカに戻り、西洋の物質文明を象徴するニューヨークに滞在するが、結局、都会の生活が嫌でたまらず、雑誌社の仕事で日本行きを決めた。

その成果が「日本への冬の旅」（“A Winter Journey to Japan”）である。カナダ太平洋横断鉄道に乗ってモントリオールからバンクーバーへ行き、そこから船に乗って横浜に着くまでの旅行記だ。ちなみに「旅人へルンシール」の原画は、日本上陸時の姿を描いたものである。この日本への旅が、ハーンの最後の海外旅行となった。契約したハーパー社（Harper & Brothers）とケンカしたこともあるが、日本人女性・小泉セツと結婚し、亡くなるまで日本にとどまることになったからである。なるほど、住む場所は、横浜、松江、熊本、神戸、東京と変わる。しかし、日本が安住の地になったことは確かだ。それは、小泉セツと幸せな家庭を築いたことが大きい。その証拠に一八九三年七月、熊本の自宅から長崎へ久しぶりの一人旅に出たが、すさまじい猛暑と西洋式ホテルの居心地の悪さに閉口して、すぐさま自宅に帰っている。ようやくわが家で快適にくつろげたことを「最高に幸せです」("supremely happy") と友人のバジル・ホール・チェンバレン (Basil Hall Chamberlain) に手紙で告白している (*Japanese Letters* 10)。たしかに晩年は、新しい日本に嫌気がさし、ヨーロッパやアメリカに旅行することを真剣に考えていた。しかしそれは、長男の一雄を留学させるのが目的で、いずれは日本に帰る予定であったことを見逃してはならない (横山『八雲』二五)。自分の居場所を探し求めて、放浪の旅をつづけた旅人ハーンは、日本に来て初めて、帰るべき家と守るべき国を得たということだ。

「日本への冬の旅」から「ある保守主義者」へ

以上の見方は、ラフカディオ・ハーン研究の世界的権威である、平川祐弘・東京大学名誉教授によってきっぱり否定されている。平川教授といえば、教え子の評論家・小谷野敦からしつこく攻撃されて話題になったことがあった。小谷野氏はこう書いた。「ハーンのように日本人と結婚して永住しなければ日本を愛したとは言えないといわんばかりの平川の主張は、ウルトラ民族主義的ですらある」

（小谷野 一九四）。「ウルトラ民族主義的」と非難しているが、実際はまったく逆で、平川教授はわが国のナショナリズムにつながるような見方は一貫して否定している（横山『へるん』五一―五三）。「ハーンは日本に、新しい祖国を見つけたのである」と結論する人は「ナルシシズムの傾向の強い日本人」であると釘を刺し、ハーンが日本人になったのは、日本の妻と子供に財産を確実に残す手段にすぎず、日本国籍を取得したことは法律上の意味しかないと断言している（平川『小泉八雲とカミガミの世界』二七五）。[1] はたして、そうだろうか。

平川教授の有名な論文「日本回帰の軌跡――埋もれた思想家 雨森信成」を取り上げてみたい。これは、ハーンの日本時代の三作目の本『心』に収められた短編「ある保守主義者」（"A Conservative"）のモデルが、この本を捧げた市井の思想家・雨森信成であることを明らかにした労作である。「ある保守主義者」に具体的な地名や外国人教師の名前は出てこないが、平川教授によると、雨森は、福井藩でウィリアム・エリオット・グリフィス（William Elliot Griffis）に学んだ侍の子だった。「ある保守主義者」の主人公と同じく、横浜に出て洗礼を受け、キリスト教の宣教に一時手を貸す。その後、「ある保守主義者」の主人公と同じく、欧米を自分の目で見て歩き、古い日本の価値を再発見して帰国したらしい。雨森は、ハーンが出会ったときは、西洋人相手の洗濯屋だったが、佐々木高行伯爵が設立した明治会の幹事として、かつて保守的な政治活動にかかわっていたことを平川教授は突きとめている。推理小説のようにおもしろく読める論考だが、固有名詞を意図的に省略したハーンの作品の解釈となると、どうも納得がいかない。作品中の「彼」（he）を機械的に「雨森」と置き換えて読むのは、少し乱暴ではないか。

島崎藤村や森鷗外の例を紹介したあと、平川教授は次のように書いて本題に入っている。

しかし、日本人の祖国への回帰を描いて、私にもっとも感動的に訴える文章は、実は日本人の手になるものではない。日本語で書かれたものでもない。それは、ラフカディオ・ハーンの『ある保守主義者』という文章で、一八九六年（明治二九年）、ハーンの滞日第三番目の著書『心』に収められた。（平川『破られた友情』一六二）

「日本人の手になるものではない」という箇所が間違っている。『心』という日本語の題名をつけたこの本は、一八九六年の三月一四日に、ホートン・ミフリン社 (Houghton Mifflin) から出版されている。じつは、そのほぼひと月前の二月一〇日に、ラフカディオ・ハーンはめんどうな帰化手続きをようやく終えて「小泉八雲」に改名しているのだ。ここに、法律上の意味しか見ない平川教授はあえて「日本人」ではないと書いたのかもしれないが、ハーン自身は、日本人になったことをかなり意識している。「外山教授に「小泉八雲殿」と宛名を書かれて、へんな感じがしました」(*Life and Letters* 28) と帝国大学に招聘されたとき日本人の親友・西田千太郎に手紙で告白しているが、その後まもなく、漢字で「小泉八雲」と署名するようになった (34)。アメリカの友人エルウッド・ヘンドリック (Ellwood Hendrick) 宛でも、ラフカディオ・ハーンのあとにカッコして (Y. Koizumi) とサインしてい

る (*Life and Letters* 50)。そして、帝大に「日本臣民」として迎える外山正一・文科大学学長に、『心』の贈呈を出版前から約束するのである (Koizumi 186)。長男の小泉一雄と翻訳家の平井呈一は、この『心』からハーンが日本人として書いたと指摘している（小泉一雄 五八、平井 二一六）。ハーンの著作には「わたしたち西洋人」を意味する“We”が、帰化したあとも変わらずに出てくるが、一雄と平井は文中に、「日本人」としての自覚を敏感に感じとったのだ。筆者も二人に賛成だ。ハーンはアメリカのペイジ・ベイカー (Page M. Baker) に『心』を贈る際、「相当クレージーな本です」(“It is rather a crazy book”) (*Life and Letters* 18) と書いている。日本人ぶる自分に照れがあったのだろう。

「ある保守主義者」が雨森信成の提供した自伝を下敷きにしていることは確かだが、「耳なし芳一」や「雪女」など日本の物語を再話して、自分自身を語ったハーンのことだ。日本人の主人公に、日本人になった自分を重ねていたとしても何の不思議もあるまい。平川教授は、森鷗外を手本にして、冷静なバランスのとれた解釈を常に心がけている学者だ。外国人のハーンは、神戸で西洋に回帰したからこそ、日本人の日本回帰を理解できた（平川『小泉八雲とカミガミの世界』二七五）と考えているところにも、そうした姿勢が現われている。ところが、平川教授が引いた「私は決して日本人になりきれない」(“I can never become a Japanese”) という言葉は、帰化したあとではなく、帰化以前（一八九四年一〇月二三日）に西田千太郎に漏らした弱音なのである。ハーンはこうつづけた。「私と同じ色の魂を持つ自分自身と同じ民族のなかに、もう一度仲間入りする必要性を感じました。日本人を理解できると信じているこの外国人は何と愚かでしょう！」（島根大学 二四八 以下、常松正雄訳）。自身を「外国人」と書いたハーンは熊本から、西洋人が暮らす神戸の街へ引っ越していったのだが、その後の手紙を平川教授は見落としている。ハーンは神戸の西洋風の暮らしにうんざりし、着々と帰化手続きを進めた。一八九五年一二月一五日の西田宛の手紙で「小泉八雲」になることを早ばやと報告（島根大学二六〇）。一八九六年四月一五日、すなわち『心』が出版されたひと月後にはこう書いている。「私は開港場から逃れるのが嬉しいです。ここの外国人にはもううんざりで、以前ほど彼らが好きではありません」("I shall be glad to escape from the open ports. I have seen enough of the foreigners here, and like them less than ever."）（島根大学二六三）。「同じ民族」であるはずの西洋人は「外国人」("foreigners")に変わっている。この「外国人」の中に、ハーンはもう含まれていない。これは意識の上でも、ハーンが親友の西田と同じ「日本人」になった証拠である。神戸で西洋に回帰できないことを知ってハーンは日本人になったと言っても過言ではないだろう。

このことは、「ある保守主義者」のクライマックスとなる富士山の場面で確認できるのだが、慌てずに、まずは、ハーンが日本人になる以前、「旅人」として書いた旅行記「日本への冬の旅」を見ることにしよう。甲板から初めて富士山を眺める場面を引用する。

> 快い驚きの衝撃とともに、それとなく目で探していたものが見えてきた――これまでの期待を遥かに超えて――しかし、水色の朝空を背に、幻のごとく夢のごとく白い姿であったので、最初見たときはそれと気づかなかった。一切の形あるものを越えたところに、雪を頂いた、この上なく

優美な山容――富士山だった。（"A Winter Journey to Japan" 262-263 以下、仙北谷晃一訳）

このあとも富士山の描写はつづき、「私たちはその息を呑むばかりの美しさに恍惚となって見とれている」（"We keep watching it, entranced by its amazing loveliness"）と書く。この「私たち」はもちろんハーンを含む、日本に旅してきた西洋の外国人のことだ。これが、「ある保守主義者」では次のように変わる。少し長くなるが、核心をちゃんと見抜いていた平井呈一のすぐれた訳文で引いてみよう。傍線部に注目していただきたい。

甲板の上には、すでにもう幾人かの外人たちが、太平洋の荒波の上から、富士の麗容をはじめて見ようとして、しびれを切らしながら待っていた。暁に見る富士の初すがたこそは、なんといっても、この世はおろか、あの世までも忘れられぬ眺めの一つである。外人たちは、しばらくそうして、えんえんと連なる山なみに眺め入っていた。ほの暗い大空に、鋸の歯のような頂をもたげている山々のむこうには、よく見ると、まだ小さな星かげがかすかに光っているのが見える。――しかし、富士はまだ見えない。外人たちは、船員に尋ねてみた。すると、船員は、笑いながら答えた。「ああ、あなたがたは、目のつけどころが、低すぎるんですよ。もっと上を見てごらんなさい。もっと高いところを。」そこで、外人たちは、空のまんなかまで目を上げてみた。すると、曙のときめく色のなかに、あやしい幻の蓮の花がひらきでもしたような、うす桃色に色どられた大きな山頂が、はっきりと見えた。その壮観に打たれて、だれもかれも、しばらくのあいだは、唖のように息をのんでいた。

（"A Conservative" 420–421　傍線は引用者。以下、「ある保守主義者」からの引用文は平井呈一訳）

ちなみに平川祐弘教授の訳では、原文の"some foreigners"を「何人かの外人船客」としたあとは、代名詞"they"を「皆」（平川訳　一八〇）と訳して目立たなくなっているが、今見た平井呈一訳のとおり、しつこく「外人たち」と訳すのが適切だろう。つまり、「日本への冬の旅」で初めて見る富士山に感動した「私たち」（"We"）は、意図的に「外人たち」（"foreigners"）に変えられているのだ。神戸の西洋人を"foreigners"と呼んだ日本人小泉八雲の姿が思い浮かぶ。「ある保守主義者」を書いたとき、ハーンはもうこの「外人たち」の群れには含まれていない。ハーンは来日当初から、日本人の「心」（"the Kokoro of the common people"）を書くことを目標としてきた（*Life and Letters* 336）。そのハーンが、帰化して日本人になったあと出版した本に、晴れて『心』という日本語の書名をつけたのだ。この事実からもわかるとおり、単なる旅行者の視点はとうに卒業している。だから、富士山の美しさにただ見とれるだけの外国人旅行者に、もはや著者のハーンを重ねることはできない。それでは、ハーンはいったいどこにいるのか。むろん、富士山の精神的な意味に感動する主人公「かれ」の側にいる。

「ああ、あなたがたは、目のつけどころが低い。もっと上を見よ。もっと高いところを。」――このことばは、妙にかの流浪者の耳朶に残ることばだった。このことばの余韻は、いつまでもかれの耳の底に鳴りひびいて、なにか胸のなかにふくれ上がってくるような、抑えようとしても抑えきれない深い感情に、節とも何とも得体のつかぬ伴奏をかなでた。

（"A Conservative" 421 傍線は引用者）

ラフカディオ・ハーン本人も伝記などでしばしば「流浪者」（"wanderer"）と呼ばれている。[2] ハーンは「ある保守主義者」の主人公同様、イギリスの首都ロンドンを流浪し、西洋文明の道徳的腐敗とキリスト教の偽善を嫌なほど目撃した。

かれはまた、世界でも最大の都市であるロンドンの夜を、目をそむけたい醜悪なものにする、売笑と飲酒の悪習を見た。そして、見て見ぬふりをするこの国伝統の偽善振りと、現状にひたすら感謝を述べている宗教と、必要もない国にやたらと宣教師を派遣するその無知さかげんと、病弊と悪徳を撒きひろげるだけに終るおびただしい慈善事業とには、まったく唖然としてしまった。

（"A Conservative" 416）

これは雨森の体験というより、ハーン自身の体験を反映した苦々しい心情だ。「ある保守主義者」という物語は、日本時代のハーンが一貫して行なった、キリスト教の宣教活動批判と、祖先崇拝を基本とする「古い日本」への称賛をテーマにしている。「西洋の優越は、倫理的なものではなかった」（"A Conservative" 197）と物語中、主人公が認識するが、ハーン自身も、利他的な古い日本のほうが、利己的な西洋よりも倫理的にはるかにすぐれていると常々考えていた。だから、西洋の悪影響から日本を必死に守ろうとしたのだ。主人公の「かれ」と同様、高い理想をもつハーンは、「もっと上を見よ。もっと高いところを」という言葉で、富士山に精神的な意義を見出したのである。したがって、「旅人」であり「流浪者」であったハーンが、長くつらい旅の末に、守るべき祖国を発見したのは間違いない。遺作となった『日本——一つの試論』(*Japan: An Attempt at Interpretation*)を読めば、わが国の将来を憂う小泉八雲の熱い思いがひしひしと感じられるが、ここでは簡単に、第三者の証言を引いておく。最晩年の八雲が早稲田大学の創立者・大隈重信と会見したときの様子だ。

> ハーンは、其れから急に真面目に、「日本の善良な風俗は永久に維持しなければならぬ」といって、スペンサーの社会説などを引照して、「西洋の物質文明が日本に入ってから、日本特有の文明は堕落しつつある事」、「日本従来の文明は、飽くまで維持しなければならぬ事」、「もし其れを失った時は、其国は自滅する」と、手をぶるぶると振はせ、蒼白な顔を挙げて、恰も愛国者の態度を以て、論ぜられた。（関田　一四七）

外国人から日本人になった「ある保守主義者」の姿がはっきりと確認できるだろう。

ハーンとグランド・ツアー

ハーンは帝国大学で英文学を教えた。「イギリスの文化にも大きな影響を残すことになった」（本城、中公新書　五）グランド・ツアーについて直接言及はないが、わが国における「グランド・ツアー」研究の火つけ役となった本城靖久『グランド・ツアー――良き時代の良き旅』に登場する作家たちを講義録でたどることによって、ハーン独自の見解を浮かび上がらせることができる。グランド・ツアーはハーンの時代の世界漫遊旅行につながっており、この考察を行なうことで、ハーンの来日の背景と富士山の意義、さらには「ある保守主義者」の英文学史上の位置が明らかになるだろう。

まずは、トバイアス・スモレット（Tobias Smollett, 1721–71）から見てみよう。

彼は確かに才能はあった。だが、その才能には美的感覚が欠けていた。その証拠には、彼は病気になってイタリアに保養に行かなければならなくなり、ローマ、フィレンツェその他の土地で勉強する機会が与えられたが、その時にも、ローマやギリシア美術のすばらしさやルネッサンスの絵画や建築の傑作を何一つ理解しようとはしなかった。

（*A History of English Literature* I 424–425　以下、野中涼・恵子訳）

せっかくのツアーが無駄になった例だ。対して「フランスに旅行した時の個人的な体験を綴った」（432）

ローレンス・スターン (Laurence Sterne, 1713–68) の『センチメンタル・ジャーニー』(*A Sentimental Journey through France and Italy*) を「一箇所として退屈なところはない」(433) と絶賛する。フランス語に精通したハーンらしく、美しいフランス語の影響を受けた英語で一八世紀フランスの魅力あふれる生活を活写した点を評価し、「喜びと陽気さと、太陽の光にみちみちた完璧な絵」(433) だと称えている。ハーンによると、グランド・ツアーは、陰気で暗い英国から脱出する旅であった。

グランド・ツアーはイギリスに欠けていたものを与えてくれた。「イタリア人的、フランス人的で、イギリス人の気質には合っていない」(215) ものとは、ハーンによれば、異教主義である。ジョン・ミルトン (John Milton, 1608–74) のイタリア旅行の成果について、ハーンは「異教に関心がないふりをするのがうまかったが、それにもかかわらず彼はそれ以前のどのような詩人よりも異教の美しさを好んでいた」(*Supplement* 37) と指摘している。イタリアの首都ローマは「異教とキリスト教」という「二つの顔」を持つ（岡田 一八七）。キリスト教以前の神々のもとに築かれた古代ローマ文明に思いを馳せるのも、グランド・ツアーの醍醐味だった。「そしてキャピトルの丘の遺跡を眺めながら、ギボンは、『ローマ帝国衰亡史』を書こうと決心するのだった」（本城 一七一）と本城靖久が旅先の影響力を記しているように、エドワード・ギボン (Edward Gibbon, 1737–94) は以後、異教世界に没頭することになる。キリスト教を嫌うハーンにとってはまさに同志であり、イギリス国民の非難からギボンを擁護する言葉には深い共感がこもっている。

以前には、キリスト教文明のほうが、異教文明よりも、はるかにすぐれている、というのがイギリス歴史家の定説だったのである。ギボンはそれに真っ向から対立する意見を述べて人々を怒らせた。全面的にではないけれども、ヒュームは彼のその見方に共鳴している。しかし学問の進歩につれ、現在ではギボンの考え方を是とする学者のほうが多くなってきている。古代の文明について知れば知るほど、他の面でこちらが進んでいる点はあるにしても、なんと多くの点で、ギリシア・ローマのほうがわれわれに勝っていたかに驚嘆せずにいられない。

(*A History of English Literature* I 401–402)

西洋人は、キリスト教を絶対視して他の宗教や文明を劣ったものとして見下す傾向があった。その思いあがった態度に真っ向から反対して、日本で「ある保守主義者」を書いた小泉八雲の姿が思い浮かぶ。この作品のテーマは引用文とまさに同じ趣旨で、異教国である古い日本のほうがキリスト教文明の西洋より道徳的にすぐれていることを力説していた。本城靖久がグランド・ツアーの本の中で案内役に据えたメアリ・ウォートリ・モンタギュー夫人 (Lady Mary Wortley Montagu, 1689–1762) の二巻セットの書簡集について、ハーンがイタリアよりもトルコからの手紙を好み、彼女の本で「初めて東洋が理解できたような気がした」(451) と語る箇所には、キリスト教国から遠く離れ、極東の日本に理想の社会を見出したハーンらしさが読みとれる。

本城靖久は『グランド・ツアー』の文庫化に際して副題を変え、「こうして貴族の旅の時代は終り、トーマス・クックに代表される大衆旅行・団体旅行の時代がはじまったのである」（本城、中公新書 二二五）という元の締め括りの文章のあとに「そして我々は、この大衆旅行・団体旅行の時代を今も生きている」（本城、中公文庫 二九六）と新たに書き加えている。しかしその間には、ハーンが「日本への冬の旅」に書いたようなグローブ・トロッターたち (globe-trotters) による世界漫遊旅行が流行したのである。[3] ジュール・ヴェルヌ (Jules Verne, 1828–1905) の『八十日間世界一周』(*Le Tour du monde en quatre-vingts jours*) に触発され、アメリカの女性記者ネリー・ブライ (Nellie Bly) と、ハーンのあこがれの女性だったエリザベス・ビスランド (Elizabeth Bisland) が最速を競い合って、ブライが七二日で世界一周を果たしたのは、ハーンが来日する同じ一八九〇年のことだった。

一九世紀末から二〇世紀初頭に流行したこの新しい贅沢な旅行は、グランド・ツアーの直系として多くの点で対応する。英国貴族がイタリアでクロード・ロラン (Claude Lorrain) の絵や古代ローマの美術品を買い漁ってイギリスの文化に絶大な影響を及ぼしたように、英米の旅行者は日本で北斎や広重の浮世絵と骨董品を買い集めた。ピクチャレスク庭園が大流行したように、イギリスで日本庭園が人気を博した（安藤 二三五―二三七）。グランド・ツアーではジョン・マレー社 (John Murray) のイタリア旅行ガイドブックが「英国人のための大陸旅行案内書として普及」（河村 七二）したが、ハーンの時代には友人のバジル・ホール・チェンバレンが書いた『日本旅行案内』(*A Handbook for Travellers in Japan*) がマレーのハンドブックとして広く読まれていた（中野 一四〇―一四一）。イタリア旅行の醍醐味の一つは「断崖絶壁のそそり立つアルプスの山々」（本城 一四三）に自然美の崇高さ (sublime)

を感じるアルプス越えであったが、日本が世界旅行の主な目的地になってからは、富士山が驚嘆の的だった。事実、ラフカディオ・ハーンは日本人学生に“sublime”という語を教えるのに富士山を例にあげた（平川編、三四─三七）。アメリカ人天文学者デイヴィッド・P・トッド（David P. Todd）は「比類なきフジの登山」（“An Ascent of Fuji the Peerless”一八九二年）の冒頭で、「偉大なる〈山〉よ」と呼びかける「モンブラン──シャモニの渓谷にて詠める詩」（“Mont Blanc: Lines Written in the Vale of Chamouni”）を引いて、「もしもシェリーの短詩がモンブランについて真なるものを詠んでいるならば、その詩行は、なおさらのこと日本の偉大なる霊峰、富士山に対してもあてはまるに違いない」（山本一一二）と書いている。ロンドンで詩集『東海より』（*From the Eastern Sea*）を自費出版してイギリスの文壇で一躍寵児となったヨネ・ノグチ（野口米次郎、一八七五─一九四七）は、評論家のマイケル・ロセッティ（William Michael Rossetti）から「イタリア人のように見える」と美男子ぶりをほめられ、「富士山は美しいのだろう」と日本の浮世絵を見せられたという（星野一一〇）。[4]『東海より』には「富士山の精神に捧げる詩」（“Dedication to the Spirits of Fuji Mountain”）が収められていた。「ハーンを強く意識し、敬慕の念を示していた」（堀二四二）ノグチは、世界に向けて英語でラフカディオ・ハーンの仕事を顕彰した日本人である。

おわりに――この世の楽園・日本

モンブランを含む世界の名山を知るイギリス人ハーバート・G・ポンティング（Herbert G. Ponting, 1870–1935）は、富士山を「世界中で一番美しい山」（Ponting 149 以下、長岡祥三訳）と断言し[5]、富士山頂でハーンの『怪談』(*Kwaidan*) を読んだ。ラフカディオ・ハーンを敬愛するこの写真家が書いた本は、ハーンが愛した「古い日本」の魅力をとてもうまく伝えている。かつてイタリア旅行でローマ平原に理想の風景を見て感激したイギリス人がいたように（河村 一一四―一一五）、「美しい国」日本に魅せられたある老紳士は、ポンティングにこう語ったという[6]。

「あなたはまだお若いから、こういう美しい場所にきて、私がどんな喜びを感じるかお分かりにならないでしょう。あなたには若さも力もある。そして、若さが過去のものになり、力が失せてしまうときに備えて、記憶を蓄えるのにお忙しい。しかし、あなたが今ご覧になっているものの本当の魅力が分かるのは、その頃になってからです。私は年取っています。この国の平和と安らぎは、私が間もなく行く永遠の平和の世界の前触れとしか思えないのです。優雅で穏やかなこの国に来たことを、私はほんとうに嬉しく思います。こういう美しいものに囲まれて一生を終えることができれば、それ以上の幸運はありません」(Ponting 38–39)

これは原題 *In Lotus-Land Japan* の中心テーマを表わす言葉でもある。キリスト教世界からかけ離れた神道と仏教が支配する、まさに異教の地で「この世の楽園」を発見したのである。しかしその古い日本は、ハーンが最晩年の「蓬莱」で描いたように「西洋からの邪悪な風」("Evil winds from the West")("Horai" 266)のせいで危機的状況にあった。日本人小泉八雲になったハーンは、「ある保守主義者」として富士山の精神的意味に開眼し、異教の楽園を必死に守ろうとしたのだ。と同時に、『英文学史』でキリスト教と対立する異教的要素をより高く評価した、ロマン主義の作家ラフカディオ・ハーンは、日本人になることで日本人の内面を描き切り、自分が望んだもっとも異教的な英文学作品である「ある保守主義者」を完成させたのである。

注

本論の一、二節目は、二〇一三年九月一日に開催された欧米言語文化学会のシンポジウム「英米文学と旅」で口頭発表したハーンの「ある保守主義者」論を論文として書き直したものである。たまたま、他の参加者たちがみなグランド・ツアーを扱っていたため、本書に収める際、増補版として三、四節目を書き足し、ハーンが英文学史上「グランド・ツアー」をどのように考えていたかを示した。追加研究の結果、予想外の発見もあり、富士山の意義をよりはっきりとらえることができた。知的な刺激を与え合うシンポジウムの成果として、コーディネーターの吉田一穂氏に心より御礼申し上げます。

1 陳艶紅は、ハーンの帰化後の行動に着目し、「出雲大社へのお礼参りは日本の正装で行なわれたはずである。すなわち、これより身も心も「日本人」であろうと、覚悟を決めたはずである」（陳 一四一）と推断しており、筆者も全面的に賛同したい。ちなみに平川教授は同書の「序」で「本講座の中でも弱点があるとすれば二、三のセンチメンタリズムが先行した論文であろう」（七）と書いて、こうした見方を拒んでいる。しかし、帰化は事務的な手続きを超えて、大きな情感を伴うものなのだ。平成一九年に日本人になった石平も「私自身は、伊勢神宮と靖国神社の参拝をもって、日本民族と国家への帰属のプロセスを自分の心の中で完結した」（石 四─五）と告白している。「日本国を守りたい」と、ある意味、日本生まれの生粋の日本人以上に強く願う石は、ハーンと同じ心境なのだ。冷厳な理性のみでは、このセンチメントは理解できないだろう。

2 ハーンの死後、書簡を編集して伝記を書いたエリザベス・ビスランドも、ハーンを "a wanderer" と呼んでいる (*Life and Letters* 318)。

3 中野明は『グローブ・トロッター──世界漫遊家が歩いた明治ニッポン』で「グランド・ツアーの対象は中東やアジア、アメリカ大陸、さらには世界一周へと広がっていく」（中野 八）と書き、日本を訪れた外国人の旅がグランド・ツアーの発展形であることを明らかにしている。

4 一九世紀後半から二〇世紀初頭にかけて日本美術が欧米で大流行した。二〇一四年にわが国（世田谷美術館ほか）で開催された「ボストン美術館 華麗なるジャポニスム展」は、その圧倒的な影響力を比較の手法でわかりやすく解き明かしていた。展示は、葛飾北斎の「富嶽三十六景 武州千住」から始まっており、富士山が日本の象徴として見られていたことが確認できた。図録の年表（世田谷美術館 二一四、二一六）を見ると、日本の美術品を多数所蔵したボストン美術館の日本美術部長にアーネスト・フェノロサ (Ernest Fenollosa, 1853–1908) が就任したのは、ハーンが来日した一八九〇年、岡倉天心（一八六三─一九一三）

が目録作成のためボストンに赴いたのは、ハーンが亡くなる一九〇四年だったことがわかる。ラフカディオ・ハーンはジャポニスムの真っ只中で活躍した作家なのだ。なお、鏡味千佳は、ニューオーリンズ万博で日本館を見たハーンが北斎の『富嶽百景』の富士山の美しさに魅了されたことを紹介している（世田谷美術館　一一六）。ハーンは来日以前から富士山に関心があったのである。

5　原書の表紙には、お辞儀をしている着物姿の女性の上部に富士山が描かれている。

6　長岡祥三は、"this lovely land" (Ponting 38) を「この美しい国」と訳している（長岡訳　八〇）。河村英和は、「美しい国、日本」をキャッチフレーズにしていた第一次安倍内閣のおかげで執筆当時「イタリアの別名「美しい国」は奇しくも我々にとってとても耳慣れた響きの言葉であった」（河村　二四二）と皮肉めいたことを書いているが、ハーンやポンティングの時代には、実際に日本が「美しい国」と見なされていたのだ。

参考文献

Hearn, Lafcadio. "A Conservative," *Kokoro* in *The Writings of Lafcadio Hearn* VII, 16 vols. Boston and New York: Houghton Mifflin, 1922.（「ある保守主義者」『心』平井呈一訳、岩波文庫、一九五一。「ある保守主義者」『日本の心』平川祐弘訳、講談社学術文庫、一九九〇。）

——. *A History of English Literature* I, 2 vols. Tokyo: The Hokuseido Press, 1927.

——. *Supplement to A History of English Literature* I. Tokyo: The Hokuseido Press, 1927.（『英文学史Ⅰ』野中涼・恵子訳『ラフカディオ・ハーン著作集』第十一巻、恒文社、一九八一。）

——. "Horai," *Kwaidan* in *The Writings of Lafcadio Hearn* XI, 16 vols. Boston and New York: Houghton Mifflin, 1922.

——. *Japanese Letters* in *The Writings of Lafcadio Hearn* XVI, 16 vols. Boston and New York: Houghton Mifflin, 1922.

――*Life and Letters* 3 in *The Writings of Lafcadio Hearn* XV, 16 vols. Boston and New York: Houghton Mifflin, 1922.

――"A Winter Journey to Japan," *An American Miscellany* II, 2 vols. New York: Dodd, Mead and Company, 1924.（「日本への冬の旅」仙北谷晃一訳『ラフカディオ・ハーン著作集』第一巻、恒文社、一九八〇。）

Koizumi, Kazuo. ed. "Letters from M. Toyama" in *More Letters from Basil Hall Chamberlain to Lafcadio Hearn*. Tokyo: The Hokuseido Press, 1937.

Murray, Paul. *A Fantastic Journey: The Life and Literature of Lafcadio Hearn*. Sandgate, Folkestone, Kent: Japan Library, 1993.

Ponting, Herbert G. *In Lotus-Land Japan*. London: Macmillan, 1910.（抄訳『英国人写真家の見た明治日本――この世の楽園・日本』長岡祥三訳、講談社学術文庫、二〇〇五。）

安藤聡『英国庭園を読む――庭をめぐる文学と文化史』彩流社、二〇一一。

岡田温司『グランドツアー――18世紀イタリアへの旅』岩波新書、二〇一〇。

河村英和『イタリア旅行――「美しい国」の旅人たち』中公新書、二〇一一。

北原保雄・編『明鏡国語辞典』第二版、大修館書店、二〇一一。

グッドマン、マシュー『ヴェルヌの『八十日間世界一周』に挑む――4万5千キロを競ったふたりの女性記者』金原瑞人・井上里訳、柏書房、二〇一三。

小泉一雄『父「八雲」を憶う』『小泉八雲・思い出の記・父「八雲」を憶う』恒文社、一九七六。

小谷野敦『なぜ悪人を殺してはいけないのか――反時代的考察』新曜社、二〇〇六。

島根大学付属図書館小泉八雲出版編集委員会・島根大学ラフカディオ・ハーン研究会共編『教育者ラフカディオ・ハーンの世界――小泉八雲の西田千太郎宛書簡を中心に――』ワン・ライン、二〇〇六。

石平『帰化人が見た靖国神社のすべて』海竜社、二〇一四。

関田かをる『小泉八雲と早稲田大学』恒文社、一九九九。

世田谷美術館ほか編『ボストン美術館 華麗なるジャポニスム展――印象派を魅了した日本の美』NHK、二〇一四。

高山宏『奇想天外・英文学講義――シェイクスピアから「ホームズ」へ』講談社選書メチエ、二〇〇〇。

陳艶紅「小泉八雲と池田敏雄――妻に描かれた人間像」『講座 小泉八雲Ⅰ ハーンの人と周辺』新曜社、二〇〇九。

中島俊郎『イギリス的風景――教養の旅から感性の旅へ』NTT出版、二〇〇七。

中野明『グローブ・トロッター――世界漫遊家が歩いた明治ニッポン』朝日新聞出版、二〇一三。

平井呈一『小泉八雲入門』古川書房、一九七六。

平川祐弘『小泉八雲とカミガミの世界』文藝春秋、一九八八。

――「日本回帰の軌跡――埋もれた思想家 雨森信成」『破られた友情――ハーンとチェンバレンの日本理解』新潮社、一九八七。

――編『ラフカディオ・ハーンの英語クラス――黒板勝美のノートから』弦書房、二〇一四。

星野文子『ヨネ・ノグチ――夢を追いかけた国際詩人』彩流社、二〇一二。

堀まどか『「二重国籍」詩人野口米次郎』名古屋大学出版会、二〇一二。

本城靖久『グランド・ツアー――英国貴族の放蕩修学旅行』中公文庫、一九九四。

――『グランド・ツアー――良き時代の良き旅』中公新書、一九八三。

山本秀峰・編、村野克明訳『富士山に登った外国人――幕末・明治の山旅』露蘭堂、二〇一二。

横山孝一「小泉八雲はアメリカ人か?――工藤美代子著『神々の国』を読む」『八雲』第二二号、二〇一〇。

――「平川祐弘氏と世界の中のラフカディオ・ハーン」『へるん』第四七号、二〇一〇。

ガイドブック『アレクサンドリア』にみる E・M・フォースターの変化と思想の旅路

杉本　久美子

はじめに

『小説の諸相』(*Aspects of the Novel*, 1927) や『インドへの道』(*A Passage to India*, 1924) の著者であるE・M・フォースター (Edward Morgan Forster, 1879–1970) の作家活動には、停滞期とされる十四年間がある。一九一〇年に彼の傑作とされる『ハワーズ・エンド』(*Howards End*) を出版してから、最後の長編小説『インドへの道』を出版するまでの期間である。一九〇五年出版の『天使も踏むを恐れるところ』(*Where Angels Fear to Tread*) を皮切りに、『ロンゲスト・ジャーニー』(*The Longest Journey*, 1907)、『眺めのいい部屋』(*A Room with a View*, 1908) そして『ハワーズ・エンド』と立て続けに長編小説を出版し、彼は作家としての地位を着実に築いていた。しかしその勢いはぴたりと止み、十四年の歳月を経たのちに『インドへの道』を出版すると、長編小説の筆を断ってしまう。この十四年間のフォースターに関する研究は、自伝的な領域に留まっているものが多い。けれどもこの間フォースターは全く作家活動をしていなかったわけではない。多くの短篇や生前出版されることのなかった『モーリス』(*Maurice*, 1971) そして『アレクサンドリア――歴史と案内』(*Alexandria*, 1922. 以後『アレクサンドリア』と略す）と『ファロスとファリロン』(*Pharos and Pharillon*, 1923) がちょうどこの期間に執筆されている。フォースターは短篇・長編小説と自伝および小説論やエッセイなどを残しているが、その作品群の中でも特に趣を異にするのが『アレクサンドリア』である。『アレクサンドリア』は彼の唯一の歴史ガイドブックであり、枯渇期とされる十四年間についてと同様、先行研究も少ない作品である。

だがこの作品にはフォースターの作家としての転換期を伺わせる要素が多数みうけられるとともに、『インドへの道』を作り上げる布石となった作品でもある。彼の作品群における『アレクサンドリア』の意義を知るには、本作品にいたるまでの作品とテーマの変遷が鍵となる。よってまずは初期の作品から『ハワーズ・エンド』までを旅との相関関係を踏まえながら概観し『アレクサンドリア』の特性を読み解く手掛かりとしたい。

旅とフォースターの小説

フォースターの作品には彼の旅の経験が如実に表れている。彼はケンブリッジ卒業後、一九〇一年に母親と共にギリシャとイタリアを旅している。この時訪れたイタリアでの体験は初期の長編小説『天使も踏むを怖れるところ』や『眺めのいい部屋』に色濃く映し出されている。この二作品では、イギリスの中産階級の特性と相対する存在としてイタリアが描かれており、フォースターの作品群のなかでもイタリア二部作と呼ばれるものである。『天使を踏むを怖れるところ』では、未亡人となったリリア(Lilia)が、イタリア旅行にでかける場面からはじまる。現地で知り合ったイタリア人のジーノ(Gino)と半ば衝動的に結婚してしまうことから騒動が巻き起こる。イギリスのヘリトン家に象徴されるソーストン的生き方、因習や偽善にみちた生活と、ジーノやイタリアの風土に象徴される自然と本能に基づいた生活との差異が喜劇的に描かれている。『眺めのいい部屋』においてもヒロインのルーシー・ハニチャーチ(Lucy Honeychurch)と彼女の従姉妹シャーロット・バートレット(Charlotte Bartlett)が滞在したペンション・ベルトリーニは、フォースター母子が宿泊したフィレンツェのペンショーネ・シミさながらの描写で描かれており、ペンションを切り盛りしていた女将の特徴、ロンドンなまりの英語を話すといったこともそのまま登場人物に反映されている。この二作品においてフォースターはイギリスとイタリアという表象的には単純明快な相違を用いて価値観の対立を喜劇的に描き出しながら、主人公たちの深層心理の変化と覚醒への過程を描き出している。また『眺めのいい部屋』では旅行書のベデカー(Baedeker)が象徴的に用いられている。ルーシーはベデカーばかりを頼りにし、本物のイタリアを見ようとしないことをとがめられている。フォースターは『アレクサンドリア』の一九六一年版の序文の中で、「私はかねてより旅行案内書──とりわけ初期のベデカーとマリーの旅行案内書――を尊敬していた」とのべているが (*Alexandria*, 5)、『眺めのいい部屋』においてベデカーは同作品内における書籍の描写法と同様に倫理的世界や固定概念に囚われた人々の隠喩となっている。ここにもフォースター自身の経験、卒業後のギリシャ旅行での経験が活かされている。ギリシャ旅行の際、フォースターは事前に旅行書をもとに綿密な旅行計画を立てていたが、実際に現地に入ると結局その計画は無駄となってしまった。またケンブリッジで古典学と歴史学を学んだフォースターにとって、書物を通して得た知識と実際の見聞との差には歴然としたものがあった。この経験が彼に知識を通して物事をみるのではなく、目の前に存在する人や物を実際に見なければならないという考えをもたらした。さらにこのイタリアとギリシャ旅行は長編小説だけでなく「アンセル」(*Ansell*, 1903)、「エンペドクレス館」(*Albergo Empedocle*, 1903)、「あるパニックの物語」(*The Story of a Panic*, 1904)、「コロノスからの道」(*The Road from Colonus*, 1904) といった短篇の着想をもフォースターに授けている。短編集『天国行きの乗り合い馬車』(*Collected Short Stories*, 1947) の序文でフォースターは、「ラヴェロ付近を歩いたのは一九〇二年五月だったと思う。町から数マイルほど谷を上ったあたりで腰を下ろした時、突然、まるでそこで私を待ち構えていたかのように、物語がわたしの頭に飛び込んできた。物語をひとまとめにして取り込み、ホテルに戻るとすぐに書きあげた」(*Collected Short Stories*, 5) と記している。さらに続けてこのような体験は三度あり、二度目は翌年のギリシャ旅行の際に訪れたオリンピアから程遠くない場所で、三度目はコーンウォール半島ガーナード岬で同様の体験をし、「コロノスからの道」と「岩」(*The Rock*, 1903) が誕生した経緯を述べている。この三度の経験についてフォースターは同序文の中で「土地の霊が直接インスピレーションを与えてくれたのは三度だけで、三度目はわたしの金が一ポンド減っただけだった」とし (*ibid.*, 6)、この時の体験に「土地の霊」(“the genius loci”) という表現をあてている (*ibid.*)。この「土地の霊」という表現はフォースターの作品を読み解く上で重要な要素であり、彼の作品と「土地」との緊密な関連性を示すものである。彼は「土地の霊」との関連性の強い作品として『ロンゲスト・ジャーニー』についても同序文で言及しているが、この作品については直接的というよりも、間接的かつ複雑な過程を経て制作したとし、上記三作品ほどの直接的関連性は否定している。

「土地の霊」について小野寺健は「土地の霊には必ず具体的な土地や家の思い出がかかわるというわけでもない。もっと一般的に、土地の風景とか、地形とか、空の色や光、風の感触、木立の姿といった自然の特徴であるばあいもあり、要するに人の心を動かす、知的な理解を超えた説明不能な影響力とでもいうしかなさそうである」(小野寺　一七三) と解釈している。「土地の霊」との出会いを通して生み出された作中人物たちは、「土地の霊」との遭遇で因習的価値観からの解放と自我の覚醒を得るというパターンをたどる。『天使を踏むを怖れるところ』でカロライン・アボット (Caroline Abbot) とフィリップ・ヘリトン (Philip Herriton) がリリアの赤ん坊を人として考えていなかったことを思い知る場面や、『眺めのいい部屋』でルーシーの本心が垣間見える場面も、すべて牧歌的自然の中や屋外で生じている。

このイタリア二部作の間、一九〇七年に出版された『ロンゲスト・ジャーニー』はイタリア二部作とは異なり、イギリスを舞台にしている。フォースターの半自伝的小説であり、生前出版された長編の中でも彼がもっとも気に入っていた作品でもある。この作品は私生児の弟がいることがわかる男の話という物語の外郭が浮かんだ後、一九〇四年にフィグズベリ・リングスへ赴いた際にフォースターの得た感覚が物語のテーマやプロットに波及し生み出されたものである。

その時私は二五歳で、それまで私が荒涼とした退屈なところだと思っていたウィルトシャー草原地帯に、心に沸き立つ親近感を抱き始めていたところだった。リングスで私は体に火がついたような感じを持ったのである。同じような経験はイタリアでもあり、それによって最初の短篇小説を書いたのだった。今回は単に風景を眺めるというのではなく、大気を胸一杯に吸い、野の匂いを嗅ぎ、そこで牧羊をしている羊飼いから人間的な強烈な印象を受けたのである。

(*The Longest Journey*, lxvii)

この文章で示唆されているように、『ロンゲスト・ジャーニー』では土地と登場人物との関連性が前作までよりも集約化し、かつ緊密に描写されている。作品は三部構成になっており、各部のタイトルにはそれぞれ「ケンブリッジ」、「ソーストン」、「ウィルトシャー」と地名がつけられている。そしてその地名を象徴するような登場物たち、主人公リッキー・エリオット (Rickie Eliot) の学友で学識のあるアンセル・スチュワート (Ansell Stewart)、リッキーの妻となる因習的で世俗的なアグネス・ペ

ンブルク (Agnes Pembroke)、そしてリッキーの異父兄弟で農夫のスティーブン (Stephen) が登場する。三部構成という形式と各部のタイトル名が作品の展開を物語るという特徴は後の『インドへの道』でも見られる手法である。この作品はリッキーの書籍や哲学に象徴される世間知らずな学生時代から、アグネスとの性急な結婚と結婚生活の破綻、異父兄弟の存在を知った後の葛藤と自己実現までの過程を描いている。リッキーの倫理的観念の世界とスティーブンの自然主義的生き方の違いが各町やリングスの自然描写で鮮明に対比されている。

そしてさらに土地と人間との関係性に注視した作品が『ハワーズ・エンド』である。一九一〇年に出版されたこの作品についてライオネル・トリリング (Lionel Trilling) は、「『ハワーズ・エンド』はイギリスの運命を描いた小説であり、階級闘争の物語である」(Trilling 118) としている。またデイヴィッド・ロッジ (David Lodge) は『小説の技巧』(*The Art of Fiction*, 1992) の中で「『ハワーズ・エンド』は、いわゆる「英国の状況」小説であり、農業主体の生活をしていた古き良き時代と、商工業の影が暗示する多難な未来とを同時に内包している有機的統一体としての田園の雰囲気こそが、登場人物や人間関係に重要な意味を与える要素となっている」(Lodge 10) と述べており、本作品に当時のイギリスの社会状況が多分に盛り込まれていることを指摘している。同時に登場人物たちが基盤とする世界、上流中産階級と下層階級、資本主義と芸術、といった違いがフラットと邸宅、都市部と郊外の田園風景といった場所の描写と呼応するかたちとなっている。さらに一九〇五年から一九一〇年までの五年にわたる歳月を描いた本作品では、冒頭干し草の季節から始まり、最後も同じ干し草の時期で終わっており、登場人物と邸宅の変遷が季節の移ろいと連動している。ハワーズ・エンド邸は「土地の霊」を具現化したかのような役割を果たし、社会的背景の異なる人々を結ぶ象徴的存在として描き出されている。フォースターの作品における自然描写の意義について小野寺健は「人間ではなく思想や感情を持ちようがない無機物的なモノにメッセージを担わせるというこの手法は、じつは大きな効用があると思われる。人間とちがって感情や思想が変化しないモノが語ると、そのメッセージが堅固な真理の印象をあたえるという効果があるのだ」（小野寺　一二〇）と分析している。これまでの作品群の中で、堅固な真理を具現化したものこそハワーズ・エンド邸である。

この『ハワーズ・エンド』で成功を収めたフォースターは、若干三一歳にして作家としての地位を確固たるものとしたが、その一方でこの成功はフォースターの作家活動に深刻な影響を及ぼした。筒井均は『E・M・フォースターと「土地の霊」』の中で、この『ハワーズ・エンド』の成功がもたらした影響について次のように説明している。

人間のあらゆる相違を認め、あるがままの現実を容認することは、非常に大きな危険性を孕んでいる。もし、自己以外の人間が寛容でなければ、ちょうどマーガレットがヘンリーの頑迷さに苦しまなければならなかったように、寛容は直ちに苦境に立たされ、この世の存在に対する判断の基盤を失うことになる。相違の肯定と価値の多様性の容認は、画一性を拒け、平凡で単調な日常生活、単調な時間の連続に彩を与えることにはなるかもしれないが、その反面、そのような願望は必然的に一切の価値基準を放棄してしまわざるをえない危険性を持っているのである。マーガレットが判断の基盤を喪失した無の奈落へおちこまないのは、そういった危険性はありながらも、彼女にはルースと屋敷という後楯があったからである。そして、それ故に『ハワーズ・エンド』という小説は成立しえたのである。いずれにしても、あらゆる相を容認し、人間の内奥における血みどろな相克を寛容の眼で、まるで神のように熟視するという不逞と言っていい願望には必ず呪いがかけられる筈である。(筒井 一六七)

初期の作品から『ハワーズ・エンド』に至るまで、フォースターが描き出そうとしてきたのは、異なる価値基準の人々が存在することへの寛容さを説くものであった。そしてその創作活動にインスピレーションを与えたのが旅であり、旅先で得た知識と体験であった。初期の作品ではイギリスとイタリア、ギリシャといった同じヨーロッパ内の国を舞台としつつ、国や文化の違いを象徴的に用いることで、登場人物たちの価値観の相違と喜劇性を描き出してきた。また各作品における主人公の覚醒、真理に直面する瞬間も、劇的かつ象徴的であるものの、抽象的な感は否めない。トリリングが前期の長編三作に関して「最初の三つの長編小説で示されるこの世の悪には現実味があるが、そこで示されるこの世の善には、どこか神話的な雰囲気がつきまとうのである」(Trilling 115) と解する所以である。しかし執筆活動が続くにつれ物語の設定は狭められ、ヨーロッパからイギリス、イギリスからロンドンとその近郊へと集約されるにしたがい、相違の起点は場所よりも場所に属する人間にその中心は移り、『ハワーズ・エンド』で苦痛と忍耐を伴う寛容さの重要性を改めて説く形となった。けれどもこの集約化によって、フォースター自身が筒井氏の言う「呪い」、言い換えるならば一種のジレンマに陥ったのである。あらゆる相を容認するという寛容の精神は、フォースターのエッセイ『民主主義に万歳二唱』(*Two Cheers for Democracy*, 1951) でも示されたフォースターの理念である。しかしその究極の在り様はそのもの自体の意義、善悪、相違、といったものすべてを許容することであり、その領域はもはや神の領域に等しく、現実社会の人間にとっては極めて困難なことである。『ハワーズ・エンド』ではルース・ウィルコックス夫人 (Ruth Wilcox) から最終的には主人公のマーガレットに譲られたハワーズ・エンド邸に各登場人物が共に暮らす姿が描かれて作品は終わる。この邸宅がすべてを受け入れ、その存在を許す理想の姿を示している。しかしイギリスの古き良き伝統を残した田園の邸宅にも近代化の波は忍び寄っており、『ハワーズ・エンド』で示したフォースターの理想は、風前の灯火であった。フォースターの描き出す世界が人と土地に集約されるほど、小説の構成上の問題、現実世界での理想実現は困難を極めるというジレンマを引き起こしたのである。このジレンマによる創作活動への影響は特に長編小説に対して深刻なものとなった。

『ハワーズ・エンド』の後、フォースターは長編を執筆し始めたが草々に断念する。短篇や批評などは書いてはいたものの、この枯渇状態を改善すべくインド行きを決める。一九一二年に初めてインドを訪問し、西洋文化とはまったく違う東洋に接した。この当時のインドは藩王国とよばれる小国が多数存在した時代であり、この藩王国での滞在は、後に出版された『デーヴィの丘』(*The Hill of*

Devil, 1953) や『インドへの道』の創作に活かされることになるが、出版までにはこの最初のインド訪問から実に一二年もの歳月を有することとなる。このインド訪問で得た「東洋」という価値観との遭遇は『アレクサンドリア』誕生の礎石となりアレクサンドリアでの体験を経て『インドへの道』で昇華する。インド訪問の翌年、一九一三年には問題作『モーリス』の執筆に取り掛かるものの、同性愛を描いた本作品を大っぴらに公表するのがためらわれたため、一部の親しい知人に見せただけで、生前出版することはなかった。さらに第一次世界大戦が勃発し、多くのブルームズ・ベリーの仲間と同様、フォースターも良心的徴兵忌避の立場を取った。ナショナル・ギャラリーの目録制作に携わったりしていたが、国際赤十字の勤務に就くことにし、アレクサンドリアに赴いた。そしてこのアレクサンドリア滞在は当初は三カ月の予定だったものの、その予定を大幅に超えて約三年もの長きにわたることになった。

『アレクサンドリア――歴史と案内』の意義

レックス・ウォーナー (Rex Warner) は『アレクサンドリア』について「案内記と銘うたれた一章はこれまでに読んだどんな案内書中でも最もすぐれ、最も能率的なものだと思われる。想像力が学殖にみちわたっているのである。これにくらべればベデカーの旅行案内書などは死骨の渓谷といったところである」(Warner 25) と評価している。その一方で、トリリングは「アレクサンドリア市の歴史を概観する第一部でフォースターは、ギリシャ的なものと自然主義的なものへの愛情と、キリスト教的なものと神学的なものへの軽蔑心を、ここぞとばかりに披露する。第二部は文字通りの観光ガイドだが、全体として、学問的かつ魅力的かつ有益な好著である」と評価しつつも、『アレクサンドリア』と対をなす『ファロスとファリロン』についてはフォースターの欠点であるいたずらっぽさにあふれており賛辞は送れないとしている (Trilling 138)。フォースターに関する先行研究や評伝においても、この作品の扱い方は別れており、わずかな言及と解説に留まるものもあれば、少数ではあるが、多くのページを割いて考察を加えているものもある。これはフォースターが短篇、長編小説、随筆、批評、伝記など多彩な作品を残しているものの、この旅行本をどう評価すべきかは研究者たちにとって意見の分かれるものであることを示唆している。

Alexandria: A History and a Guide というタイトル名の通り、この作品は歴史と案内の二部で構成されている。前半はアレクサンドリアの歴史について、紀元前のアレクサンドロス大王の時代から一八八二年のアレクサンドリア大砲撃まで描かれており、後半は町と建物に関する詳細な案内となっている。一見すると単なるアレクサンドリアの街を一作家の視点から描いたガイド本にも思えるが、この作品は作家の分岐点となる変化が垣間見える作品である。五つの章立てで構成され、ギリシャ・エジプト時代から始まり、キリスト教時代、哲学都市、アラブ時代、そして近代で終わっている。第一章のギリシャ・エジプト時代は「陸と水」という聖書の創世記を彷彿とさせる小見出しで始まる。そし

て「遠い昔、まだエジプトの地に文明が訪れず、ナイル河のデルタ地帯も生まれていなかったころ、南はカイロに至るまで全土が海の底にあった」(*Alexandria*, 17) という文章で一気に読者の心を古き言い伝えの時代へといざない、「数世紀が過ぎ、カイロの北で海へと流れ込むナイル河が上エジプトの泥を運び続け、流れが緩慢になるたびに泥が置き去りにされた」(*ibid.*) と続く。そして「アレクサンドリア独特の地形、すなわち北は南、南は湖、そのあいだに細長く隆起した土地は、こうして生まれた。しかし、アレクサンドリアになぜ港ができたかについては、まだ説明がついていない」(*ibid.*) と陸地誕生の経緯が記される。海から陸地が生まれ、その後人が住みつき営みを始める港の誕生を描くこの展開は、小見出しと同様、創世記の天地創造の趣がある。しかしフォースターは人の営みを象徴する港や町が誕生するにいたる支流と隆起帯の変貌を雄大に描き出したと思った矢先、「以上が、アレクサンドリアのおもな地理的特徴であり、すなわち北に港、南に沖積地を擁する石灰岩の隆起帯である。これはエジプトではきわめて特異な地形であり、ために、アレクサンドリア人はかつて一度もほんとうにエジプト人であったことはない」(*ibid.*, 17–18) と途端にその調子を変え、読者の心理を一気に現実に引き戻している。これは『ハワーズ・エンド』で論じ合うことで家に生気がみなぎる、家はレンガとモルタルで立っているのではないというマーガレットの意見に対しウィルコックス夫人が「家はモルタルとレンガがなければ建ちません」(*Howards End*, 87) と言ったのと同様、フォースターは常に作品の中で理想と現実を対比させるためである。そしてこの傾向は現実を客観的にとらえなければ理想も単に空想と変らず、また強い理想はフォースターが忌み嫌った主義主張の押しつけになることを避ける故のことだと思われる。

このように『アレクサンドリア』にも従来のフォースターのスタイル、理想を描きつつも現実をも直視する姿勢は息づいている。さらにこの作品冒頭に掲げられた二つのエピグラフからは、本作品の意義とフォースター自身に生じた変化が窺える。

早朝にアレクサンドリアの町に詣でてみるがよい。神は汝に黄金の宝冠を授けることだろう。真珠をちりばめられ、麝香と楠の芳香に満たされ、東方より西方へと輝きわたる黄金の宝冠を。

イブン・ドクマーク

いかなるものを見るにせよ、まず、見るものである目が、見られるものと同類のものとならなくてはならない。

プロティノス

(*Alexandria*, 3)

このエピグラフからフォースターに起きた心理的変化を見てとることができる。イブン・ドクマーク(Ibn Dukmak, c.1349–c.1406)の詩をフォースターは『ファロスとファリロン』の「ファロス」の最後でも再び引用している。そこまで彼を共感させたのは、「東方より西方へ」という表現であろう。それまでフォースターは価値観の異なるもの同士が融和することの困難さを描きつつ、因習から解放され自己の覚醒を果たす人物たちを描いてきた。またそのなかで苦痛と忍耐を要する寛容さの重要性も説いてきた。しかしあくまで彼の視点はヨーロッパの、更にはイギリスの文化・慣習に基づくものであった。だが初めてのインド旅行で東洋という異文化に触れたフォースターは、東洋という西洋とは全く別の価値観に触れた。そしてこのアレクサンドリアの地に滞在し、東洋と西洋の文化が衝突と融和を繰り返し、その中で繰り広げられた人々の興亡の歴史を辿るうちに、彼は西洋から東洋を見るのではなく、東洋から西洋を見る目も持つにいたったのではないだろうか。

　このように考えると、ドクマークの詩に続けてプロティノスの詩「見るものである目が、見られるものと同類のものとならなくてはならない」を挙げた理由も納得できる。そして『アレクサンドリア』の中で見られるフォースターの一番の変化は単なる過去のアレクサンドリア賛美に終始するのではなく、現在から過去を見、そして過去からまた現在へとその意識を往来させている点である。長田弘は第五章近代の文章でイギリス軍がアレクサンドリアに上陸した際の、フォースターの風景描写「現在われわれが陸を見るところに水を見、水を見るところに陸をみていたことになる」(*Alexandria*, 75)という表現に着目している。この後、湖に水が戻ったように、アレクサンドリアに生命が戻ったという文章で締めくくられるが、この描写にフォースターならではのひっくりかえし、歴史のまなざしをひっくりかえす視点があると彼は指摘している（長田 二〇五）。この視点の逆転はマーガレットとウィルコックス夫人との会話のように、従来の作品では倫理や因習と自然主義、理想と現実といった対比で描かれてきたものである。しかしアレクサンドリアの町は常に各王朝時代の盛衰の上に建ち、他国や宗教、哲学思想にいたるまで興亡が行われた町であり、その歴史の変遷を追いながら、フォースター自身にも視点の逆転が起きたのではないだろうか。現在見ているものは過去と別のものであるが、それは現在見ているものは未来でもまた別のものになりうる可能性を秘めている。フォースターが描き続けてきた、価値観の異なるもの同士は互いに理解しあえるかというテーマと、その理想を叶えるための手段としてあらゆるものを受け入れる忍耐と苦痛を伴う寛容さの重要性は、『ハワーズ・エンド』で昇華したものの、逆にフォースターの作品構成にジレンマを引き起こした。けれども新たな視点、今見ているものは過去とも違うが、未来とも違うという可能性はフォースターのジレンマを解く一縷の希望となったのではないだろうか。

おわりに

フォースターは『アレクサンドリア』の結びのなかで、結論は差し控えたいとした上で、「アレクサンドリアはまだ生きており、締めくくりの言葉を述べようとするあいだにも変化しているからである」(*Alexandria*, 81)とし、最後に「わずかに気候風土のみが、涼しい北風と海のみが、最初の訪問者メネラオスがラース・アル・ティーンに上陸した、三千年前の昔と変わらぬ清らかさを保っている。

そして夜ともなれば、ベレニケの髪の毛座が、天文学者コノンの目にとまったときと同じように明るく輝いている」という描写で終えている。彼自身のテーマを一貫して描いてきたフォースターは、『ハワーズ・エンド』で一次的な完成を見たものの、逆に現実世界における無条件の寛容さを説く事の限界を感じた。だが、『アレクサンドリア』を執筆することで、見る側だけでなく見られる側の視点を持つにいたった。そして締めくくりの自然描写にあるように、神ではないものの人間社会を超えた存在としての自然に再びまみえている。このように見ていくと、『アレクサンドリア』という作品は、単なるフォースターの旅行記ではなく、作家としての思想の旅路と変化を映し出した作品であるといえる。

注

＊本論文中の引用は参考文献に載せた書籍のページを記している。なお日本語訳に関しては、みすず書房より出版されている『E・M・フォースター著作集』各巻、および中野康司訳『アレクサンドリア』（晶文社、一九九〇年。）を参照・引用した。

参考文献

Forster, E. M. *Alexandria: A History and a Guide and Pharos and Pharillon.*1922, 1923. Ed. Miriam Allott London: Andre Deutsch, 2004.

——.*Collected Short Stories*. London: Penguin Books, 1954.

——. *Howards End*. 1910. London: Penguin Books, 1989.

——. *The Longest Journey*. 1907. Penguin.1989.

Stape, J. H., (ed.) *E. M. Forster: Critical Assessments volume I*. East Sussex: Helm, 1956.

King, Francis. *E. M. Forster and his world*. London: Thames and Hudson, 1978.

Trilling, Lionel. *E. M. Forster*. New York: New Directions, 1964.

Warner, Rex. *E. M. Forster*. 1950. London: Longman, 1954.

長田弘、鶴見俊輔「方法としてのアレクサンドリア　対談『アレクサンドリア』をめぐって」Ｅ・Ｍ・フォースター著、中野康司訳『アレクサンドリア』晶文社、一九九〇。

小野寺健『Ｅ・Ｍ・フォースターの姿勢』みすず書房、二〇〇一。

筒井均『Ｅ・Ｍ・フォースターと「土地の霊」』英宝社、一九七八。

オスカーの死への旅
——『オスカー・ワオの短く凄まじい人生』からの考察

塚本　美穂

はじめに

人が旅する理由は何だろうか。もし旅が人生の終焉の地であると知っていても、自ら望んで旅に出ることは可能か。二〇〇八年度のピューリッツア賞受賞作品ジュノ・ディアス (Junot Diaz, 1968–)『オスカー・ワオの短く凄まじい人生』(*The Brief Wondrous Life of Oscar Wao*) は、米国生まれで米国育ちの二十三才の主人公オスカー (Oscar) がドミニカ共和国（以下ＤＲと称す）を旅することによって銃殺される作品である。

オスカーの祖父から、母、オスカーへと引き継がれた呪いの深さは、一九三〇～一九六一年のＤＲにおけるラファエル・トルヒーヨ (Rafael Trujillo) 政権下で受けた生活の苦難として表されている。呪いの深さについての描写もさることながら、本作品ではオスカーと母ベリ (Beli) が他者を愛して、自分の人生を変えていこうとするが、それができない悲劇が明らかにされている。

さらに旅という観点から見ると、オスカーは母ベリの母国であるDRを訪れる。彼が初めて見るDRは異国の地であり、米国との比較の延長線上にある国である。オスカーと母ベリは好奇の目をもってDRを見ており、ニケ国の相違を明らかにしている。

しかし旅の過程では、DRで殴打されて命からがら米国に帰国するオスカーの憐れな姿が提示される。DRへの旅が人生の終焉の地であると知っていても、オスカーは自分の意志で二度目の旅に出るのである。それは売春婦イボン (Ybón) に会うためであるが、旅することによって悲劇がもたらされる。

本論では、オスカーの旅先のDRと米国の文化的相違、オスカー家の過去から引き起こされるDRの家族史、オスカーが命を懸けてまで旅に出るかなえられない愛への挑戦、呪いの深さについて考察する。

旅と場所

作中ではオスカーとベリが訪れるDRの街並みが詳細に描写されている。スペイン人に征服された後に建造されたヨーロッパの石畳の街並と二十世紀の米軍の占領によって米国文化の影響を受けた変化について記述されている。例えばベリとオスカーが戻った際に、サント・ドミンゴの空気は工業化されて汚染された場面が提示されている。街には無数のバイク、車、ボロボロのトラックが走る(273)とある。しかし工業化とは対照的に荒廃した街の様子(273)が出ている。豊かさの繁栄は見られず、子どもたちは貧困で飢えており、首都サント・ドミンゴは経済的に貧しいのである。

一方で荒廃した街とは対照的に、道が整備され、高級車、エアコンが装備されたバスが走っている。ファーストフード店が作られて、米国文化が流入している。米国のダンキン・ドーナッツやバーカー・キングといったおなじみのファーストフード店は、ヨーロッパ基調の街の外観と一線を画している。ヨーロッパ文化と米国文化が混在する背景は、スペイン人入植後のヨーロッパの建造物から成る街並みと米国支配の歴史を物語っている。オーストラリアの文芸批評家ビル・アッシュクロフト等(Bill Ashcroft et al)が提示するマッピングに相当し、「植民地文化と植民地独立後の文化の支配の実践」(28)を示している。過去の歴史において被植民者のドミニカ人は他国の入植者によって自国文化を撲滅させられている。土着の人々は虐殺されて、奴隷として連れてこられたアフリカ人が居住させられた。スペイン人はヒスパニョーラ島を支配した。その影響は現在も建物、道路などにも名残がみられる。石畳の街並み、米国風建築の鋼やコンクリートでできた建物より明らかである。サント・ドミンゴは十五世紀の建造物と近代的な建物が介在して対照的な風景を見せている。街には舗装されていない道の上を通るボロボロの車とそこに住む、飢えている子どもたち(273)が存在する。しかし裏通りとは対照的に、表通りには高級車が走る舗装された道にファーストフード店が立ち並ぶ。この対照的な組み合わせはＤＲの不安定な国内情勢、貧困層と富裕層の経済格差などを露呈しているが、支配者が持ち込んだファーストフード店は高級扱いされている。都市における経済格差はどこの街にも存在するが、主要道路と脇道の建築物や道路の格差が大きければ大きいほど貧富の差が激しいことを物語っている。この点でサント・ドミンゴは舗装されていない街では過度に貧しく、舗装された街は近代化の一途をたどっており、貧富の差が拡大していることを明らかにしている。

一方、米国はどのように描かれているのだろうか。ベリの養母のラ・インカ (La Inca) が傷ついたベリを米国に送る際に思い描いた米国は、ギャング、売春婦、クスリで溢れた国 (158) でしかない。マイナスイメージを持つ国へ娘ベリ一人を送るラ・インカの不安が出ており、米国を機械、工場に溢れ、コインでできた未来というように金でまみれた国だと形容している。米国の消費文化に染まった多くのドミニカ人は、毎夏になるとたくさんの品物と外貨を抱えて帰ってくる。この中にはキューバの場合のように政治的な理由によって国外を負われた裕福なドミニカ人が多い (Scher 104)。

ディアスポラのドミニカ人たちが一気にサント・ドミンゴに押し寄せ、荷物をたくさん抱えて帰国する。街にはそうした人たちであふれかえる様子が表れており活気に溢れている (271)。それは荒廃した街と欧米化した街の中に世界中に居住している人々が戻ってくる様を表している。母ベリと息子オスカーもＤＲに行くが、その際飛行機のファーストクラスに乗る。娘ロラをＤＲに送った際は娘をファーストクラスに乗せなかったが、自分と息子がＤＲに行く時は一緒にファーストクラスに乗るという見栄を張る。娘をＤＲに送った後母は米国で必死に働き資金を作ってＤＲに戻るにもかかわらず、うわべはいかに自分が米国で成功して豊かな生活を送っているかを見せつけたいのである。ベリは米国逃亡後、自分の人生を向上させて経済的にも豊かになったことを、他者、特に自分を苦しめたDRの土地の人々に誇示する。

DRではよい思い出がないベリにとってDRは呪いの国でもある。十代後半で独裁者トルヒーヨの妹から半死の目に会った後ベリは、もう二度とDRに戻らないと決心しており、過去の自分との決別を決めていた(164)。みなし子で貧困の中で育ち、苦労したベリにとって、DRはたとえ生誕の地であっても悲惨で忌まわしい土地でしかない。しかし子どもの誕生後、DRは家出した娘が再びいなくならないように監視させる国へと変わる。米国にいた時は家で娘を監視していたベリだが、娘が家出をするようになると、自分の手にはもはや負えないと感じるのである。ベリはロラの監視場所として母国DRを選ぶ。監視役はベリの養母ラ・インカである。ロラは、DRでは叔母のラ・インカと暮らし、母の元では味わえなかった落ち着いた環境、友人と遊ぶ生活を繰り返した。しかしその後スペインに逃げ、日本への逃亡を望んでいることは、彼女がDRの生活でも米国生活にも満足していないことを表している。彼女は抑圧的な母親が指定する場所に存在するのではなく、自分で生活できる自分を変えられる場所を探していることになる。なぜロラは日本への逃亡を夢みているのだろうか。彼女は日本のトモコと文通して、大嫌いな母から逃れるためにトモコの家の養女になることを望んでいる。日本語入門を読んで日本語を勉強して、日本で英語の教師になることを夢見ている。いわば日本はロラにとって身近な存在であり、自分の逃避行の夢をかなえられる可能性をもった国であるといえる。

米国は姉ロラとオスカーにとっては生誕の地であるとともに生活場所でもある。ＤＲはロラにとって家出を機に監視される場所、閉じ込められる場所となるが、オスカーにとっては米国とは違う自分を変えられる場所として提示されている。土地というのはそこで生活する人にとってそれぞれの思い入れのある場所であるが、ベリのように辛酸をなめた者には生誕の地イコール心の祖国とはなりえない。オスカーの名前のオスカー・ワオ (Oscar Wao) はタイトルにあるが、彼のワオの名称はホモの作家オスカー・ワイルド (Oscar Wilde, 1854–1900) のドミニカ語読みである。オスカーは女の子にもてず、ガールフレンドがいないホモの象徴として描かれている。米国ではいじめに会い、パソコンばかりをいじって引きこもっており、米国に愛着を持っていない。そのためオスカーは米国と異なるＤＲの生活に興味を持ち、自分を変えられる場所として捉えている。

　このように、人がそれぞれ物理的に居住する場所と精神的に拠り所にする場所は異なる。例えばベリのように、ＤＲで屈辱的な幼少期と思春期を送った者でも、子どもたちを母国に送り、もう二度と帰らないと母国を出た時に感じたにもかかわらず、自分の成功した姿を見せるために母国に戻るのである。人は物理的かつ精神的に母国から引き離されない限り、容易に自分の生まれ故郷とは縁を断ち切れず、先祖の祖国とは何らかの接触を保ち、機会を作っては祖国に戻ろうとする心理的作用が働くのである。自分のルーツを心に持ち続け、心の拠り所にすることはいかに大切か、ディアスは本作品で物語っている。

旅の中で明らかになるカラーイズム

ベリとオスカーが旅先で気づくのは肌の色の違いである。肌の色の相違はカラーイズムとして表される。コロンズ辞書によれば、カラーイズムとは、「肌の色を基に人々を判断する差別」(Collins 202) とあるように、肌の色で差別化することである。DRに到着してベリとオスカーが気づくのは、街並みの変化と合わせてハイチ人の肌の黒さである。DRに戻ったオスカーは自分よりも黒いハイチ人がいることを知り、彼らを見て、黒すぎる (273) と驚き、母親ベリは軽蔑の念を込めて、いまいましいハイチ人 (273) と呼ぶ。米国では黒いと蔑まされてきたオスカーが自分よりもさらに黒いハイチ人の黒さに驚き、さらにハイチ人のように浅黒さを受け継いだベリでさえも、ハイチ人を蔑んでいる点は注視すべきである。しかしなぜベリはドミニカ人ではなく隣国のハイチ人について見下げたような視線を向けるのだろうか。

歴史的に見てハイチ人とドミニカ人はいずれも大航海時代にアフリカ大陸から労働力として連れてこられたアフリカを祖とする黒人が住み続けているのに、両国の国民の間に肌の色に相違がみられるのである。ハイチは黒人が九十%、白人と黒人の混血であるムラートが十%程度、一方のDRはムラートが七十%、白人は二十%、黒人が十%という構成になっている (CIA Publication 275) ため、DRの方がハイチよりも白人の割合が多いからである。

ディアスは一九三七年のトルヒーヨ政権によるハイチ人虐殺について三度にわたって言及してい

る。歴史学者レスリー・ベセル (Leslie Bethell) はより詳細に、一日に一万七千人から三万五千人のハイチ人が虐殺された史実について述べる (Bethell 645)。トルヒーヨの政策では、DRを白人化するという目的でハイチ人を虐殺したとされる (Clammer et al 45)。色の黒いハイチ人はドミニカ人よりもさらに肌が黒い存在という概念を植え付けて抹殺したといえる。

DRは大航海時代にアフリカからの労働者が連れてこられた土地であり、アフリカを祖とするディアスポラが住んでいるコミュニティである (Clammer et al 50)。植民地時代における政策においては、白人、土着民、黒人という身分階層が支配者によって織り込まれ、人々の意識下に身分意識を自覚させた。そうしてラテンアメリカ諸国においては白人優位主義がはびこり、カラーイズムが助長されたといえる。

これはトルヒーヨ政権の人種隔離政策において提示されている。DRを白人化するという名目で数多くのハイチ人を虐殺したトルヒーヨ政権 (Bethell 645) の人種差別政策が引き継がれている根強さを見ることができる。そもそも白人化という政策は、十五世紀にヒスパニョーラ島にやってきたヨーロッパ人が自分たちの階級を上位に位置づけるために植え付けたものであるが、その白人化のイデオロギーに取り憑かれたトルヒーヨは自分の肌の色はさておき、隣国の国民を抹殺して差別化したと考察できる。

トルヒーヨは、ハイチとDRの国境を隔離してバナナ・カーテン (225) を設けたことでも知られているが、ヒスパニョーラ島の左側に位置するハイチは右側に位置するDRよりも貧しく、その多くが農業労働者もしくは召し使いとしてDRに出稼ぎとしてやってくる（218）ため、経済的地位、社会的地位がドミニカ人よりも格下になるため、ドミニカ社会全体の中ではハイチ人に対する軽視が行われて、ドミニカ人の間にカラーイズムの観念があることをディアスは記述しているのである。

作中でディアスはベリを、最も色黒の登場人物（78）に設定してその浅黒さから社会的に差別される様を提示しているが、そのベリが、いまいましいハイチ人（273）、と隣国のハイチ人について見下げたような視線を向けるのは、このような歴史的背景に裏打ちされた概念の刷り込みがあったからだといえる。

ディアスはハイチ人の虐殺が行われた場面で、アベラード（Aberald）家のハイチ人の召し使いエステバン（Esteban）を子どものおもちゃの家に隠して、傷ついたハイチ人を黙々と介護するアベラードの姿を描いている。ハイチ人の虐殺については同じドミニカ系アメリカ人作家フリア・アルバレス（Julia Alvarez）も、ハイチ人のチュチャ（Chucha）がハイチ人の虐殺の日に、裕福な主人公ヨランダ（Yolanda）の家に命からがら逃げてきてメイドとして迎え入れる様子を描く。アルバレスもディアスもハイチ虐殺に関する場面を取り入れて、ハイチ人を擁護するドミニカ人の姿を描いている。これはトルヒーヨ政権がハイチ人に対して行った非人道的な行為を彼らが悔み、その事件に対して哀悼と深い同情を表しているといえる。

それではディアスもアルバレスも作品の中でハイチ人について同情を提示しようとしているのか。一つには前述したように、他者の命の尊厳を無視することは人道的に許されず、生命を尊重することは人間として当然のことだからである。さらに歴史的に見ても、ハイチとDRはもともと同じ島を分割しており、この二ケ国は、かつては統合された一つの国であった (Clammer et al 45)。しかし十五世紀の大航海時代には、東部はスペイン人、その後西部はフランス人によって分割されるようになる。しかし西欧人が新世界で初めて入植したとされるこの地は、一八〇四年に植民地国として初めて独立を成し遂げた国でもある。その時はハイチもDRも一つの国であったが、その後西部のフランス人の入植、東部のスペインの統治、内乱、米国によるヒスパニョーラ島の占領（一九一五年ハイチの占領、一九一六年にDRの占領）を経て、政策の相違、経済的関係、国際問題などの相違から現在のように引き継がれている (Clammer et al 45–50)。

しかしDRとハイチは元々ルーツが同じ原住民タイノ族が住み、西欧人の入植によってほぼ全滅させられた歴史 (Clammer et al 45) を共有しており、近代になって国が分断されたといえども隣国ハイチに対する同情の声は変わらないといえる。そしてドミニカ人もハイチ人も経済的にも文化的にも他国から支配されるという歴史を負い、現在も従属集団として自国に住み続けているという背景を持つためだといえる。

ベリから受け継いだ呪いはその黒さとしてオスカーにも継承される。彼は米国生まれでニュージャージ育ちという設定になっているが、母親同様、浅黒い肌を持つため、学校では外国人扱いされている。黒いアフリカ人を祖とする肌の色を受け継いだオスカーは、その黒さゆえに非人間的な扱い (9) を受ける。オスカーの有色者としての引け目は、白人の優位性と有色者の自己嫌悪 (264) として表されており、肌の色の相違がマイノリティへの意識を助長しているといえる。これはマルティニークの精神科医フランツ・ファノン（Franz Fanon）が『黒い皮膚 白い仮面』（*Black Skin, White Masks*）に描く有色者の精神的な苦悩でもあり、それは肌の色を変えられない有色者の苦痛であり続けるが、ドミニカ人の中でも格別黒い肌を持つオスカーはその黒さゆえに他者からの嫌悪の目を感じ取ることになる。このように、白人の優位性と有色者の自己嫌悪は裏を返せば同じ枠組みの中で構築された社会構造であり、その図式はベリの幼少時の体験から得たことの変わることのない社会体制でもある。

母から受け継いだ黒さ、貧困によって惨めな人生を送っているオスカーは、自分の一族にかかる呪いを信じており、一族が不運なのは呪いのせい（171）だとしている。つまり悲運は自らでコントロールできるものではなく、自分が生まれる前から定められた変えることのできないものというあきらめを提示している。オスカーが自分の呪われた運命を感じるのは、DRに行った時に好きになったイボン（Ybón）の恋人の大尉とその手下三人にトウキビ畑で殴られた後に、自分の家族にかかる呪いは真実だった（303）と認識する点からもいえる。そしてオスカーはこの手下たちに銃殺されて二三才の生涯を閉じるのである。

本作品の登場人物はほとんど無残な死に方をしている。それをディアスは呪いのせいだとする。ここではドミニカ史の歴史を含めて作品を考察したが、ディアスは作中において特に独裁政治体制において苦しめられて死んでいった人々のやり場のない苦悩を、オスカー家の人々に表象して描いているといえる。呪いは過去の歴史の中で苦しめられて死んでいった人々の魂の叫びの集合体のようなものである。死んでいった者はもちろん、後に残された者の苦しみを、ディアスはオスカー、オスカーの母ベリの生き方と肌の色に表象しているといえる。

おわりに——命を懸けた旅

さらにベリとオスカーに共通するのは、愛情を取り戻すために命を懸けていることである。ベリは一度サトウキビ畑で半殺しの目に会った時に、ラ・インカに国外逃亡するように言われるが、それでもギャングスターを信じて二度もサトウキビ畑に行って殴打されるのである。しかし、唯一誇れるのは暴行を加えられて死にかかったが、九死に一死を得てロラとオスカーに恵まれたことである。しかし当然のことながら呪いは、終始彼らにもつきまとうことが明らかになる。

サトウキビ畑で殴打され、死の縁まで追いやられたオスカーとベリに共通するのは禁断の愛に逆らったことである。ベリは恋人のギャングスターがトルヒーヨの妹婿であることを知らず付き合い、その愛を貫こうとしたために抹殺されかけた。一方のオスカーはDRで大尉の愛人に惚れてしまう。トルヒーヨは死んだが、その残党の国家警察の手下三人によって殺された。これも禁断の愛である。ベリもオスカーも許されない愛を貫こうとしたために排除されたのである。

しかしもとをただせば、オスカーの祖父アベラードはトルヒーヨによって家庭が崩壊して一家は離散した。彼は娘を守り、家族愛を貫こうとしたために犠牲になったが、彼の愛は報われることはなく、彼の妻、二人の娘はあっけなく命を落とした。最後の生き残りの娘ベリは、黒く生まれ、背中からお尻にかけて傷跡が残り、二度もサトウキビ畑で殴打される。ベリの娘ロラは愛を探し求めて恋人から恋人へ渡り歩く。対照的に息子のオスカーはもてない人生を送り続ける。やっと愛する売春婦イボンを見つける (283)。しかしその恋人と手下からサトウキビ畑で襲われて、DRでの二回目の旅では銃殺されてしまうのである。独裁者トルヒーヨが一家を引き裂く愛の破壊者であれば、一方のベリとオスカーは愛を取り戻そうとする勇士の象徴として表されているといえる。

このように一度破壊された一族の家族愛を修復することは不可能であること、一国の独裁者が容易に人々の幸福を奪い去ってしまうことは許されないこと、そして奪われた幸福は戻って来ないことをディアスは人生のはかなさとして本作品で訴えているといえる。たとえ旅という場所の空間の移動があっても、所詮失われた過去を取り戻すことも未来を変えることも難しいことを提示している。

それはつまり、オスカーが過去を捨てて未来のために生きる (312) と言う姿勢を貫くことでさえも不可能であることを提示している。しかし絶望の中からも、オスカーは必死で、サトウキビ畑で大尉とその手下たちと戦う決心をする。オスカーは襲われて死にかけたが、一族にかかった呪いと対決するために、決死の覚悟で抗戦する。作品の最期から二十ページの所ではオスカーを陥れようとする国家警察の手下たちとは対照的に、オスカーは彼らに立ち向かう勇敢な人物として描かれている。それまではデブで誰からも好かれないオタク的存在であったが、彼が必死になって叫んだものは永遠の愛であり、愛を奪われることへの抵抗である。愛のために立ち向かい、家族の呪いを解き放とうとして国家警察の手下たちに抵抗するオスカーは英雄以外の何者でもない。

ここがオスカーとベリの異なる点である。ベリは二度の殴打ですべてを捨てて米国へ逃亡するが、オスカーは二回目の旅で命を懸けてイボンの愛を勝ち取るためにDRに行くのである。大尉を怖いと思いながらも、立ち向かう強さをみせる。たとえ愛するイボンの愛を得ることがかなわない夢であっても、無駄な戦いであっても、オスカーにとっては愛のための戦いこそが重要であったといえる。しかしオスカーは所詮国家警察の手下と闘っても勝つことはなく、呪いから解放されることがない。一度愛から見放された者は愛を得ることはできず、愛を他者に求めても愛を勝ち取ることはできない無念さが描かれている。

オスカーはサトウキビ畑で半死の目に会い、米国へ戻るが、再びDRに行き、二度もサトウキビ畑に誘い出される。初めてサトウキビ畑で彼が殴打される様子は、早朝から始まる米国現代語学文学協会(MLA)の会合のように永久に終わることのないパネルディスカッションのようだ(299)と皮肉っている。つまり殴打され続けてそれがやむことがない。オスカーは二度目のDRの旅で殺されてしまう。ベリもオスカーも愛のために勇敢に立ち向かい、そのためにすべてを捧げることもいとわないその純粋さゆえに、命までねらわれることになるのだが、彼らの愛情への執着は強い。それは幼少時に愛情に恵まれなかったゆえんに、愛情に飢えた者が自らの愛情を取り戻そうとするかのようでもある。

ここで考察しなければいけないのは、失われた家族愛である。呪いによって一族が殺されて、再び愛を取り戻すために奮闘する。ベリはジャック、そしてギャングスターに裏切られた。オスカーは幼少時にオルガ（Olga）をふってマリツァ（Maritza）を選んだのに彼女に振られて、それ以降恋愛にはうとくなったが、DRでイボンを見つける。しかし、大尉からの暴行で恋が成就することはなかった。オスカーが望んだ愛はもろくも崩れ去るが、彼のイボンの愛を獲得しようとする必死の闘争と執念は明らかである。

一回目の旅で愛を喪失したオスカーが二回目の旅で再び勇みよくDRに行く姿は勇敢である。オスカーが命を懸けてでも守りたかった愛の深さが読み取れる。母親ベリ、オスカーを含むデ・レオン家の人々が失った愛情を獲得するために、オスカーは死の旅に出たといえる。それは他者が止めても抑えられないものであり、かなえられない愛とわかっていてもオスカーが守りたかったものである。

参考文献

Alvarez, Julia. *In the Time of the Butterflies*. New York: Plume, 1994.
Ashcroft, Bill, Gareth Griffiths, and Helen Tiffin, eds. *The Post-Colonial Studies Reader*. London: Routledge, 1995.
Bass, Jack, and Marilyn Thompson. *Strom: The Complicated Personal and Political Life of Strom Thurmond*.

Austin: PublicAffairs, 2006.

Bethell, Leslie. *The Cambridge History of Latin American*. Cambridge: Cambridge University Press. 1995.

Candelario, Ginetta. *Black behind the Ears*. New York: Duke University Press, 2007.

Céspedes, Diógenes y Silvio Torres-Saillant. "Fiction Is the Poor Man's Cinema: An Interview with Junot Díaz." *Callaloo* 23.3: 892–907, Verano 2000.

Chaney, David. *The Cultural Turn: Scene-Setting Essays on Contemporary Cultural History*. New York: Routledge, 1994.

CIA. *The World Factbook*.Washington DC: CIA Publication, 2009.

Clammer, Paul, Michael Grosberg, and Jens Porup. *Dominican Republic and Haiti*. Philadelphia: Lonely Planet, 2008.

Collins English Dictionary. Hammersmith: Collins, 2007.

Congressional Quarterly. *Congressional Quarterly Weekly Report*. Vol. 21, Washington D.C.: Congressional Quarterly Inc. 1158, 1963.

Díaz, Junot. *The Brief Wondrous Life of Oscar Wao*. New York: Penguin, 2007.

Fanon, Franz. *Black Skin, White Masks*. New York: Grove Press, 1994.

Martin, Michel. *Author Reflects on Tales of New Vision, New Life*. (*Junot Díaz's Drown*). Philadelphia: General OneFile, 2009.

Mullaly, Bob. *Oppression: The Focus of Structural Social Work*. Don Mills: Oxford University Press, 2007.

Nurse, Keith. "Masculinities in Transition: Gender and the Global Problematique." *Interrogating Caribbean Masculinities: An Introduction*. Ed., 2004.

Rhoda E. Reddock. *Latin American Perspectives*. Jamaica: The University of the West Indies Press, 3–37, 1985.

Scher, Philip. *Presepectives on the Caribbean: a reader in Culture, History, and Representation*. London: Blackwell Publishing, 2010.

あとがき

旅に出る度に思うことは、「百聞は一見にしかず」ということわざの妥当性である。一方、文学作品の中で旅について考えることは、異文化との出会いや自らのアイデンティティについて考えるという意義があり、グローバルな視点を持つことの重要性が十分認識されている現在、論文集のテーマとして申し分のないものである。

このような認識のもと、二〇一三年九月一日に欧米言語文化学会年次大会でシンポジウム「英米文学と旅」（司会／講師：植月恵一郎、講師：大西章夫、吉田一穂、横山孝一）は行われ、このシンポジウムを元に共著出版企画がすぐに持ち上がった。本書は欧米言語文化学会の会員に趣旨を説明し、原稿を募り、集まった論文を一冊にまとめたものである。

全ての原稿を読ませて頂き、改めて旅の重要性を認識した。登場人物や作家たちは旅によって日常の環境から切り離され、新たに自分自身の存在やかつての環境と現在の環境の相違について考える機会を得ている。各論文に接してみて、人生のターニング・ポイントとしての旅を認識すると同時に、時の推移の中で旅を考えることの重要性に目を見開かされた。以下、掲載順に紹介しておこう。

＊＊＊

扱う作品の時系列で配置した際、巻頭論文になる「『間違いの喜劇』をめぐる三つの「旅」」では、故郷であるストラトフォード・アポン・エイヴォン (Stratford-upon-Avon) を離れ、ロンドンに赴き成功を収めたウィリアム・シェイクスピア (William Shakespeare, 1564-1616) について書いている。故郷に背を向け大都市に出て、一財産作ったシェイクスピアは、ディック・ウィッティントン (Dick Whittington, 1354–1423) のような人物と考えられることがある。シェイクスピアにとってロンドンに出るということは、一大転換点であったにちがいない。小山氏は、『間違いの喜劇』(*The Comedy of Errors*) の作中人物エイドリアナ (Adriana) の描写を通して、故郷から上京した一種の〈旅人〉であるシェイクスピア自身による故郷に残した妻アン (Anne Hathaway) への思いを推察している。

「観光案内としての『ウィサヒコンの朝』とエコロジー」では、『ウィサヒコンの朝』(*Morning on the Wissahiccon*, 1844) を取り上げ、エドガー・アラン・ポー (Edgar Allan Poe, 1809–49) がアメリカにおける自然の崇高美を取り扱っていることを示している。アメリカにこそ崇高な風景が溢れていた。ポーは、フィラデルフィア州のスクールキル (Schuylkill) 川に流れ込むウィサヒコン渓流の自然美を描写している。それを背景に現れた鹿は、野生の大自然の象徴などではなく、その辺りに住む住人の家畜であり、ペットであった。植月氏は、『ウィサヒコンの朝』を経済優先から環境破壊へ至る可能性を示唆した〈黙示文学〉(apocalyptic literature) として読めることを指摘している。

「『リトル・ドリット』――エイミー・ドリットとグランド・ツアー」では、このような場所の移動がもたらす影響を『リトル・ドリット』(*Little Dorrit*, 1857) でも検証した。マーシャルシー (Marshalsea)

監獄から解放されたエイミー (Amy) は、グランド・ツアーに行く。それは、自身のアイデンィティを認識する旅でもあった。場所を移動してもかつての環境とのつながりの中での自分を捨てられない人々がいる。エイミーもまたそういった人々の中の一人なのだ。

「ヴィクトリア朝における日本の視覚的イメージ」では、エメ・アンベール＝ドロー (Aimé Humbert-Droz, 1819–1900) の『幕末日本図絵』(*Le Japon Illustré*, 1870) を中心に、旅行記がもたらした日本の視覚的情報が、ヴィクトリア朝時代のイギリスにおいて、日本に対するイメージ形成にどのように影響を与えたかを検証している。旅行記を書く際、旅行者は異文化を意識せざるを得なくなるし、自らのアイデンティティを改めて認識するであろうことは疑いない。

「ラフカディオ・ハーンの『古い日本』発見の旅――『ある保守主義者』とは誰か」では、ラフカディオ・ハーン (Lafcadio Hearn, 1850–1904) の旅を、概して、住んでいた場所を捨てて、新しい居場所に移るための手段だったことを指摘している。横山氏は、『心』(一八九六年) に収められた「ある保守主義者」において、欧米の暗部を見て祖先崇拝など古い日本の価値観に開眼する名無しの主人公の中から、放浪の末に理想の地を発見して日本に帰化したハーンの意識をあぶり出している。ハーンの場合は、新たなアイデンティティ獲得の旅と言えよう。

「ガイドブック『アレクサンドリア』にみるE・M・フォースターの変化と思想の旅路」では、E・M・フォースター (Edward Morgan Forster, 1879–1970) がインド訪問により「東洋」という価値観と遭遇し、自身の体験を『インドへの道』(*A Passage to India*, 1924) という作品に昇華させたことを指摘している。さらに、『アレクサンドリア――歴史と案内』(*Alexandria: A History and a Guide*, 1922) というガイド本を読み解くことで、フォースターの東洋的価値観の源流を探っている。

「オスカーの死への旅――『オスカー・ワオの短く凄まじい人生』からの考察」では、『オスカー・ワオの短く凄まじい人生』(*The Brief Wondrous Life of Oscar Wao*, 2007) でドミニカ共和国を飛行機で訪れる主人公について書いている。彼の場合、ドミニカ共和国は、生まれた国アメリカとの比較の延長線上にある場所であるが、悲劇をもたらす場所となる。ドミニカ共和国のサンドミンゴ (Santo Domingo) の生まれで、六歳のとき、家族とともにアメリカへ移住したジュノ・ディアス (Junot Diaz, 1968-) もまた、ドミニカ系アメリカ人としての自身の体験を作品に反映させているように思われる。

＊＊＊

旅はそれぞれ異なるが、異文化体験であることは間違いない。このような異文化体験に欠かせないのが交通手段である。現在では飛行機でどの国にでも行けるが、かつての旅は大変な苦労を伴った。国内旅行でさえ困難を伴った。リチャード・D・オールティック (Richard D. Altick, 1915–2008) は、『ヴィクトリア朝の人と思想』(*Victorian People and Ideas: A Companion for the Modern Reader of Victorian Literature*) でヴィクトリア朝時代において、鉄道の登場が過去と現在をはっきりと分けることとなったことを指摘している。このことから同じような道順であったとしても、旅は時代ごとに異なる旅となると言える。

本書で取り扱った旅はほんの一部の旅であるが、読者が文学における旅を考えたり、旅の意義を感じ、自分自身で異文化を体験する契機となればと願っている。

シンポジウム「英米文学と旅」を出版企画に発展させることに賛同してくださった横山孝一教授、出版企画が決まってから実現に向けて尽力してくださった植月惠一郎教授、出版に至るまで辛抱強く待ってくださった他の執筆者の方々に感謝申し上げたい。また、昨今の厳しい出版事情の中で、刊行に至るまで原稿の吟味と適切な助言を賜った音羽書房鶴見書店の山口隆史社長にも御礼申し上げる次第である。

本書をきっかけとして、私たち執筆者もさらに「英米文学と旅」について考察を深めていきたいと考えている。旅の観点から英語圏文学や比較文学を捉え直す研究がより一層進展していくことを願ってやまない。

吉田　一穂

二〇一七年十一月吉日

索　引

"Victorian Imaginary Perspective on Japan." Graduate Thesis of MA at University of Leicester (2015)、「19 世紀イギリスから見た日本――*Unbeaten Tracks in Japan* を中心に――」岡山大学英文学会編『ペルシカ』第 38 号 (2011)、"Isabella Bird's *Unbeaten Tracks in Japan:* Travel Writing and Imperialism" 岡山大学大学院社会文化科学研究科修士論文 (2011)。

横山　孝一（よこやま　こういち）

群馬工業高等専門学校教授
中央大学大学院文学研究科英文学専攻博士後期課程単位取得退学
大浦暁生監修、アメリカ自然主義文学研究会編『いま読み直すアメリカ自然主義文学――視線と探究』（共著、中央大学出版部、2014）、新英米文学会編『英米文学を読み継ぐ――歴史・階級・ジェンダー・エスニシティの視点から』（共著、開文社、2012）、平川祐弘・牧野陽子編『講座 小泉八雲 II――ハーンの文学世界』（共著、新曜社、2009）。

杉本　久美子（すぎもと　くみこ）

東北女子大学准教授
日本大学大学院文学研究科博士後期課程単位取得満期退学
日本大学イギリス小説研究会編『イギリス文学の悦び』（共著、大阪教育図書、2014）、「『実在』の証明――*The Longest Journey* における主人公の死の意味について――」日本大学英文学会『英文学論叢』第 60 巻 (2012)、日本大学イギリス小説研究会編『イギリス小説の探求』（共著、大阪教育図書、2005）。

塚本　美穂（つかもと　みほ）

＊＊＊
＊＊＊
主要業績：『*American Literature and Borderland* 米文学と越境 Vol. 1』（ブックウェイ、2015）、"Hello Kitty's Popularity and Its Change of Representation." World Academy of Science, Engineering and Technology, International Science. 9:1 (2015), *International Journal of Social, Education, Economics and Management Engineering*、「Julia Alvarez の *How the García Girls Lost Their Accents* における米国での中間性と文化的適応」『比較文化研究』第 92 号（開文社、2010）

執筆者紹介（執筆順）

凡例：氏名（よみ）、現職、最終学歴、主要業績3点（新しい順）の順。

小山　誠子（おやま　せいこ）

日本大学文理学部非常勤講師

日本大学大学院文学研究科英文学専攻博士後期課程満期退学

"A Study of *Venus and Adonis*; Searching for the Power of Words" 日本大学文理学部人文科学研究所編『研究紀要』第75号（2008年3月）、"Another Source of *The Winter's Tale*" 日本大学英文学会編『英文学論叢』第53号（2005年3月）、「*Cymbeline* はいかにして生まれたか」新生言語文化研究会編『ふぉーちゅん』第15号（2004年3月）。

植月　惠一郎（うえつき　けいいちろう）

日本大学芸術学部教授

学習院大学大学院人文科学研究科イギリス文学専攻博士後期課程満期退学

「黒人奴隷のトランスアトランティック――トゥーサンとバボウ」『日本大学芸術学部紀要』第65号（2017）、フランシス・コヴェントリー『チビ犬ポンペイの冒険譚』（共訳、彩流社、2017）、小口一郎編『ロマン主義エコロジーの詩学――環境感受性の芽生えと展開』（共著、音羽書房鶴見書店、2015）。

吉田　一穂（よしだ　かずほ）

甲南大学非常勤講師

甲南大学大学院人文科学研究科英文学専攻博士課程後期課程単位取得後退学

『ディケンズの小説――社会・救済・浄化』（単著、英宝社、2014）、「『ロビンソン・クルーソー』――ヒーローと神の恩寵」『近畿大学教養外国語教育センター紀要（外国語編）』第3巻第2号（2013）、『ディケンズの小説とキリストによる救済のヴィジョン』（単著、英宝社、2006）。

清水　由布紀（しみず　ゆうき）

淑徳大学非常勤講師

津田塾大学文学研究科イギリス文化コース

Travel and Culture
in
English and American Literature

旅と文化
英米文学の視点から

2018年4月1日　初版発行

編著者　植月　惠一郎
　　　　吉田　一穂
発行者　山口　隆史
印　刷　シナノ印刷株式会社

発行所　株式会社 音羽書房鶴見書店
〒113-0033 東京都文京区本郷 4-1-14
TEL 03-3814-0491
FAX 03-3814-9250
URL: http://www.otowatsurumi.com
e-mail: info@otowatsurumi.com

© 2018 植月 惠一郎／吉田 一穂
Printed in Japan
ISBN978-4-7553-0411-8 C3098
組版　ほんのしろ／装幀　熊谷有紗（オセロ）
製本　シナノ印刷株式会社